Maike Stein
Drei Haselnüsse für Aschenbrödel

W0062445

Maike Stein

Drei Haselnüsse für Aschenbrödel

Nach dem Märchenfilm von
Václav Vorlíček und František Pavlíček

Ravensburger

1 3 5 4 2

Ungekürzte Ausgabe
© 2012, 2020 Ravensburger Verlag GmbH
Postfach 2460, 88194 Ravensburg

Das Buch basiert auf dem gleichnamigen Märchenfilm von
Václav Vorlíček, František Pavlíček: Tři oříšky pro Popelku
© Václav Vorlíček, František Pavlíček c/o DILIA
Umschlaggestaltung: Maria Seidel unter Verwendung eines Fotos von
Jaromír Komárek, archiv ABZ a. s.
Filmfotos im Innenteil: Jaromír Komárek, archiv ABZ a. s.

Printed in Germany

ISBN 978-3-473-54475-2

www.ravensburger.de

Inhalt

Es war einmal in einem Land, in dem die Luft des Sommers vor Hitze flimmerte und des Winters bittere Kälte und Schnee mit sich brachte. Da lebte ein Mädchen auf einem Gutshof, und wenn es mit rechten Dingen zugegangen wäre, hätte es ein freies und gutes Leben geführt. Doch dem war nicht so. Seit die Stiefmutter den Hof übernommen hatte, herrschte sie mit strenger Hand. Ihrer Tochter Dora gewährte sie jeden Wunsch, ihrer Stieftochter hingegen gönnte sie nichts und kommandierte sie zu den niedrigsten Arbeiten ab. Fortan ward das Mädchen nur noch Aschenbrödel gerufen, denn grau wie die Asche, die es aus den Öfen und Kaminen kehren musste, waren alle seine Kleider.

Geheime Wünsche

Aschenbrödel presste den Holzeimer an sich. Die Herdasche darin war noch warm und half ein wenig gegen die Kälte, die ihr entgegendrang, als sie nun mit einem Fuß die Tür aufstieß.

Schnee und Eis bedeckten den Boden. Doch auf dem großen Gutshof summte es vor Aufregung wie in einem Bienenstock. Mägde und Knechte rannten durcheinander, schleppten Eimer und Fässer, räumten Bretter und Holzgitter aus dem Weg, trieben Schweine vor sich her und scheuchten Hühner in ihren Stall zurück. Ein Knecht balancierte ein langes Brett mit würzigen Küchlein auf der Schulter. Die Küchlein dampften in der kalten Luft und Aschenbrödel lief das Wasser im Mund zusammen. Vielleicht essen die Gäste ja nicht alles auf, dann kann ich später etwas davon bekommen, dachte sie.

Einer der Küchenjungen schien ähnlichen Hunger zu haben, denn er langte auf das Brett und griff sich eines der Gebäckstücke.

Mach schnell, renn!, feuerte Aschenbrödel ihn in Gedanken an. Doch es war bereits zu spät. Denn genau in diesem Augenblick trat Aschenbrödels Stiefmutter, die Gutsherrin, auf den hölzernen Balkon des Hauses hinaus. Ein schwerer grüner Mantel mit silbernem Pelzbesatz schützte sie vor der Kälte und auf ihrem Kopf thronte ein hoher weißer Hut. Sie stützte die Hände auf das Holzgeländer und blickte über den Hof wie eine Herrscherin über ihr Reich. Ihren scharfen Augen entging nichts.

„Leg das sofort wieder zurück, du Dieb!" Die Stimme hallte wie ein Peitschenhieb über den Hof.

Eine böse Königin, dachte Aschenbrödel.

Und da war auch schon Dora, die böse Prinzessin, an ihrer Seite und kicherte.

Der Küchenjunge legte das Küchlein eilig auf das Brett zurück und gab Fersengeld. Er rannte, als wären tausend Teufel hinter ihm her. Geradenwegs auf Aschenbrödel hielt er zu, und noch bevor sie einen Warnschrei ausstoßen konnte, prallte er auch schon mit ihr zusammen. Der Holzeimer entglitt ihren Händen, sie verlor das Gleichgewicht und stürzte. Der Schnee federte ihren Fall ab, doch die feine graue Asche aus dem Eimer stäubte auf und hüllte sie in einer dichten Wolke ein. Wie schwarze Schneeflocken sanken die

Ascheteilchen herab, setzten sich auf ihr Kleid, auf ihre Wangen, bedeckten den Boden. Und von hoch oben regnete es Spott.

„Natürlich, das Aschenbrödel! Wer denn sonst?" Dora lachte schallend.

„Und jeden Augenblick kann Majestät hier erscheinen." Die Stiefmutter schüttelte verärgert den Kopf. „Beeilt euch, ihr Faulenzer!" Mit grimmiger Miene schritt sie die überdachte Holztreppe hinab in den Hof.

Aschenbrödel klopfte ihr Kleid ab. Viel half das nicht. Sie zuckte mit den Schultern und rappelte sich auf. Wenigstens war es doch einmal zu etwas gut, dass all ihre Kleider grau waren. Liefe sie so aufgeputzt wie Dora herum, wäre ihr Kleid jetzt verdorben. Sie wischte sich mit dem Handrücken über die Wangen und schnappte sich den Reisigbesen. Bei all den Arbeiten, die sie hier verrichten musste, konnte sie keine feinen Kleider brauchen.

Dora hingegen trug Pelze und Samt und Seide und eine lange Schleppe, die von zwei Mägden gehalten wurde, während sie ihrer Mutter die Treppe zum Hof hinabfolgte.

Ihr Gelächter klang Aschenbrödel noch in den Ohren. Mit brennenden Wangen machte sie sich an die

Arbeit. Drei Striche mit dem Besen, bücken, die Asche in den Eimer fegen, aufrichten und wieder von vorn.

Sie wollte ja alle Aufmerksamkeit auf Eimer, Besen und Asche richten, aber so kurz vor der Ankunft des Königs war zu viel los auf dem Hof: Einer der Stallburschen war auf den hohen Baum nahe der Gutshofmauer geklettert und hielt Ausschau nach Seiner Majestät. Knechte und Mägde schmückten das Hoftor mit Tannenzweigen und bunten Bändern, und das Gebell von Kasperle, dem kleinen schwarz-weißen Hund, mischte sich unter die zahlreichen Stimmen. Die Tauben gurrten und flatterten in ihrem Holzhaus auf und ab, als spürten sie die Aufregung um sie her.

Wenn es mir gelingt, alle Asche aufzufegen und zurück in den Eimer zu tun, bevor Dora und ihre Mutter an mir vorbeikommen, bitte ich sie, mir einen Ausritt auf Nikolaus zu erlauben, nahm Aschenbrödel sich vor. *Wenn der König und der Prinz hier sind, wollen sie mich sowieso nicht dabeihaben.*

Drei Besenstriche, bücken, die Asche in den Eimer fegen, aufrichten, drei Besenstriche – die Bewegungen gingen ihr flink und geschmeidig von der Hand. Entschlossen richtete sie den Blick auf den Boden.

Aber die nächste Ablenkung ließ nicht lange auf

sich warten. Eine der Küchenmägde trug knusprige Hühnchenschenkel auf einem Tablett quer über den Hof auf die Treppe zu, an deren Fuß Dora und die Stiefmutter jetzt angelangt waren.

„Halt mal!", befahl die Stiefmutter, als die Küchenmagd an ihr vorbeieilen wollte. Sie beugte sich über die Hühnchenschenkel und schnupperte.

Sogar hier auf der anderen Seite des Hofes kitzelte der Bratenduft Aschenbrödel in der Nase.

Mit einem Lächeln forderte die Stiefmutter Dora auf zuzugreifen. Die zögerte nicht. Ihre Schleppenträgerinnen verfolgten mit hungrigen Blicken jede Bewegung.

Aschenbrödels Magen knurrte. Sie hatte noch keine Zeit zum Frühstücken gefunden und war seit dem ersten Dämmerlicht auf den Beinen.

Gerade als Dora den Mund weit aufsperrte, als wollte sie den ganzen Hühnchenschenkel mit einem Bissen verschlingen, rutschte der ihr aus den Händen. Sofort stürzte Kasperle mit lautem Gebell hervor, schnappte sich die am Boden liegende Köstlichkeit und stürmte mit seiner Beute davon.

Aschenbrödel unterdrückte ein Lachen. Zu gern hätte sie Kasperle applaudiert. Wenigstens einer von uns macht immer noch, was er will!, dachte sie.

„Pfui!", rief Dora dem Hund hinterher.

Aschenbrödel schloss die klammen Hände fester um den Besen.

„Und gleich kommt Majestät, und nichts ist ordentlich", schimpfte die Stiefmutter. „Das darf doch nicht wahr sein. Los, los, vorwärts, beeilt euch!" Sie hetzte mit großen Schritten über den Hof, Dora im Schlepptau, und trieb die Mägde und Knechte weiter an.

Noch liefen die Schweine frei herum, Holz für den Kamin wurde herbeigeschleppt, der Kutschwagen in die Scheune bugsiert, Fässer mit Wein und Bier über den Schnee gerollt – es war ein einziges Durcheinander.

„Was wird man nur von uns denken?" Die Stiefmutter wedelte mit den Armen und fuhr mit ihrer Schimpftirade fort.

Aschenbrödel seufzte. Es war sinnlos, die Stiefmutter um einen Ausritt zu bitten, wenn sie in einer solchen Laune war. Sie senkte den Kopf und fegte die letzten Reste der verschütteten Asche zurück in den Eimer. Über ihr flatterten die weißen Tauben mit den Flügeln, als wollten sie ihr zuwinken. Aschenbrödel winkte zurück und nahm den Eimer wieder auf.

Die laute Stimme der Stiefmutter klang mit einem Mal sanft. Wie immer, wenn sie mit Dora sprach.

„Gib acht, beschmutz dir nicht die Schuhe." Sie tätschelte Dora die Wange. „Vielleicht gehst du besser schon mal rein, damit du dich nicht erkältest."

Doch Dora blieb an ihrer Seite. Aschenbrödel schüttelte den Kopf. Sie hätte nicht gezögert, in die warme Stube zurückzukehren, hätte die Stiefmutter sie dazu aufgefordert. Aber das würde dieser sowieso nie einfallen.

Ein glückloser Knecht mit einem Bündel Holz im Arm kreuzte den Weg der beiden und wurde einfach umgerannt. Sofort schimpfte die Stiefmutter wieder los.

„Was bist du für ein Tölpel! Warum ernähre ich euch alle überhaupt?"

„Verzeihung." Der Knecht kniete im Schnee und sammelte das Holz ein, während die Stiefmutter und Dora schon auf und davon waren.

Aschenbrödel presste den Eimer an sich. Die Asche war kalt geworden und die frostige Luft kroch durch den dünnen Stoff ihres Kleides. Sie drehte dem Durcheinander auf dem Hof den Rücken zu. Alle waren mit sich selbst und ihren Aufgaben beschäftigt, da würde niemand auf sie achten.

Kasperle hockte an der Stallmauer und leckte sich die Schnauze. Bei seinem Anblick musste sie lächeln, so zufrieden sah er aus. „Na, du kleiner Räuber, hat's geschmeckt?" Aschenbrödel stellte den Eimer ab und kraulte Kasperle hinter den Ohren, das mochte er besonders gern. Aber jetzt wartete hinter der Stallmauer noch jemand anderes auf sie.

Ein schneller Blick bestätigte ihr, dass niemand zu ihr schaute. Aschenbrödel drückte die Stalltür auf und schlüpfte in die Wärme dahinter.

Das hier war noch viel besser als die gute Stube, denn ganz hinten im Stall stand ihr Schimmel Nikolaus. Er schnaubte, als sie ihn zwischen den Augen streichelte. Bestimmt ahnte er, dass sie nicht mit leeren Händen zu ihm gekommen war. Sie lachte und griff in die Tasche ihrer Schürze.

„Nikolaus, mein Lieber, hier, ich hab dir was zum Naschen mitgebracht." Sie hielt ihm die Apfelstücke auf der flachen Hand hin. „Weißt du noch, wie ich dich vor drei Jahren von Vater geschenkt bekommen habe? Sei nicht traurig, ich würde ja so gerne mit dir ausreiten. Aber du weißt doch, wir dürfen nicht."

Sie strich ihm über die Nüstern und spähte zwischen seinen Ohren hindurch aus dem Stallfenster. Noch schien niemand sie zu vermissen. „Alles ist wie aus dem Häuschen, sie erwarten den König", verriet sie Nikolaus und streichelte seinen Hals. So wenig es ihr gefiel, sie musste in die Küche zurückkehren. „Du, aber wenn ich mit der Arbeit fertig bin, komm ich wieder, ja?"

Und eines Tages, da sattle ich dich und reite mit dir davon, ganz weit fort, für immer, dachte sie und eilte davon. Und Kasperle nehme ich auch mit!

Asche und Erbsen

In der Küche war es noch wärmer als im Stall. Das wenigstens war ein Vorteil ihrer Arbeit, sie führte sie immer an die wärmsten Orte des Gutes, an die Herde und Kamine und Öfen. Aschenbrödel kauerte sich vor den großen gemauerten Küchenherd. Doch ein lautes Scheppern ließ sie gleich wieder herumfahren. Tausend Scherben lagen auf dem Boden, und davor kniete Pavel, der Küchenjunge.

Schon flog die Tür auf. Die Stiefmutter. Und gleich hinter ihr Dora, natürlich. Aschenbrödel schluckte. Der arme Pavel. Die Stiefmutter griff nach der Peitsche, die an der Wand hing. Ohne zu zögern, eilte Aschenbrödel zu Pavel und kniete sich neben ihn auf den Boden.

„Wer war das?", fragte die Stiefmutter drohend.

„Seien Sie nicht böse, Herrin", sagte Rosie, die Köchin. „Es war die Schüssel, die ohnehin schon einen Sprung hatte."

„Danach habe ich nicht gefragt!" Die Stiefmutter

trat auf Pavel zu. Mit dem Griff der Peitsche zwang sie ihn, den Kopf zu heben.

„Ich war es", sagte Aschenbrödel schnell. Die Stiefmutter würde sie nicht schlagen. Bei Pavel hingegen hätte sie keine Bedenken. Aschenbrödel hob die Scherben auf und sammelte sie in ihrer Schürze. „Ich bitte um Verzeihung."

„Hm." Die Stiefmutter schien unzufrieden, bedeutete ihr aber nur zu verschwinden. Die Peitsche schleuderte sie quer über den Tisch, auf dem sich die Speisen türmten. „Und, Rosie, ist alles vorbereitet? Die Braten? Die Mehlspeisen? Der Wein?"

„Aber ja, Herrin, es ist alles fertig."

Dora, die in allem ihrer Mutter nacheiferte, zog die Nase kraus. „Das will schon was heißen, so edle Gäste zu bewirten. Dass du uns das nicht verpatzt, Rosie!"

Rosie schwieg und Aschenbrödel ballte die Hände zu Fäusten. Niemals hätte ihr Vater zugelassen, dass jemand so mit Rosie sprach. Und als er noch lebte, hätte Dora das auch nicht gewagt.

Die Stiefmutter tätschelte Doras Wange. Für ihre Tochter hatte sie nur Lob übrig, gleichgültig was aus ihrem Mund kam. Für Aschenbrödel hingegen nichts als Spott. „Ich weiß ja nicht, ob du tatsächlich so ungeschickt bist oder alles nur zum Trotz machst."

Die Hand, mit der sie Aschenbrödel über die Wange fuhr, war nicht sanft. Trotzdem zwang sich Aschenbrödel, nicht zurückzuzucken.

„Dein Vater hat mir eine schöne Erbschaft hinterlassen! Na ja, wie der Vater so …"

„Vater lasst aus dem Spiel! Ihr habt von ihm das ganze Gut bekommen." Und ich wünschte, oh, wie ich wünschte, es wäre nicht so! Aschenbrödel zitterte vor Wut.

„Wie sprichst du denn mit mir!" Die Stiefmutter wandte sich empört zu Dora. „Hast du das gehört?" Sie richtete sich hoch auf und drohte Aschenbrödel mit einer Hand. „Aber dass du's nur weißt, die Zeiten sind vorbei, da dein Vater mit dir durch die Wälder geritten ist, dich mit der Armbrust schießen und noch allerlei andere Dummheiten gelehrt hat, als ob du ein Junge wärst!" Sie fuhr sich mit der Hand über die Wange – derselben Hand, mit der sie zuvor Aschenbrödel berührt hatte. Ein dicker Rußfleck blieb auf dem Gesicht zurück. „Jetzt bin ich hier die Herrin, und du bist die Magd, nichts sonst. Versorg also den Herd und kümmere dich um die Asche. Und zu dem Pferd darfst du auch nicht, nicht auf zehn Schritte!"

Aschenbrödel schluckte. Sie starrte auf den Rußfleck im Gesicht der Stiefmutter. Es sind nur Worte.

Nur Worte. Und eines Tages sattle ich Nikolaus und dann …

„Gib mal her." Die Stiefmutter hielt eine Magd an und riss ihr die Schüssel, die sie trug, aus den Händen. „Hier." Sie kippte den Inhalt der Schüssel in den Ascheeimer neben dem Herd. Trockene, helle Erbsen kullerten über den grauen Staub.

Die Stiefmutter nahm den Eimer und schüttelte ihn, dass die Erbsen und die Asche sich vermischten. „Bis Mittag wirst du die Erbsen herauslesen und dann kommst du mich um Entschuldigung bitten." Sie knallte den Eimer auf die Ummauerung des Küchenherdes. „Ich werde dir schon deinen Stolz und deinen Trotz austreiben. Und weh dir, du lässt dich blicken, wenn der Königszug vorbeikommt!" Das Gesicht der Stiefmutter war knallrot angelaufen.

Aschenbrödel senkte den Kopf und ballte die Hände zu Fäusten. Eines Tages …

Dora eilte hinzu. „Aber Mutter." Sie musterte Aschenbrödel von oben bis unten. „Ich würde mich doch nicht über das schmutzige Aschenbrödel aufregen."

Die Stiefmutter schnaufte, aber sie ließ sich von ihrer Tochter aus der Küche führen. An der Tür drehte Dora sich noch einmal um und warf Aschenbrödel einen gehässigen Blick zu.

Aschenbrödel seufzte und nahm den Eimer auf. Sie würde Ewigkeiten brauchen, um all die Erbsen aus der Asche zu sammeln. Und das war noch nicht einmal das Schlimmste. Bei dem Gedanken, nach der ganzen Strafarbeit auch noch die Stiefmutter um Verzeihung bitten zu müssen, presste sie die Lippen fest aufeinander. Als sie aufschaute, stand Pavel vor ihr.

„Danke schön, Aschenbrödel", sagte er und deutete auf den Eimer. „Darf ich dir dabei helfen?"

Es war nett gemeint, aber wenn die Stiefmutter davon Wind bekäme ... Aschenbrödel schüttelte den Kopf.

Auch Rosie hatte etwas dagegen. „Und ich bleib beim Herd allein?"

Pavel zuckte entschuldigend mit den Schultern und eilte an Rosies Seite zurück.

„Na ja, Mädchen, es ist die Stiefmutter und nicht die richtige." Rosie hielt nicht einmal im Kräuterhacken inne, aber in ihrem Blick lag Mitleid.

Aschenbrödel drückte den Holzeimer fester an die Brust. „Vater hat Dora genauso lieb gehabt wie mich, als er noch gelebt hat." Sie senkte den Blick. Nein, sie konnte nicht einfach davonlaufen. Wenn sie nicht mehr da wäre, würde niemand mehr die Stiefmutter davon abhalten können, die Peitsche einzusetzen.

In ihrer Kammer auf dem Dachboden war es kalt. Aschenbrödel hockte sich auf den blanken Boden und kippte den Holzeimer aus. Aschebrocken und trockene Erbsen kullerten durcheinander. Niemals würde sie es schaffen, bis zum Mittag die Erbsen aus der Asche zu sammeln. Und dann würden alle ihre anderen Arbeiten unerledigt bleiben und die Stiefmutter noch wütender werden.

Wenn nur Vater noch … aber wünschen war zwecklos. Aschenbrödel senkte den Kopf und begann, die Erbsen aufzulesen. Doch wie viele sie auch in die Schüssel legte, die Erbsen auf dem Boden schienen nicht weniger zu werden.

Ein Klopfen an der Fensterscheibe ließ sie aufblicken. Erst sah sie nur wild umherflatternde weiße Federn. Die Tauben! Eine nach der anderen landete auf dem Fensterbrett.

Aschenbrödel sprang auf. Vorsichtig, um keinen der Vögel hinabzustoßen, drückte sie das Fenster auf. Sofort flogen die Tauben hinein und machten sich über die Erbsen und die Asche her.

Sie wollen mir helfen! Aschenbrödel streckte den Arm aus, damit ihre Lieblingstaube darauf landen konnte. Sanft fuhr sie ihr mit der Hand über das weiße Gefieder. „Meine Freundin."

Die Taube gurrte, als stimmte sie zu. Aschenbrödel wurde warm ums Herz. „Die Erbsen in die Schale und die Asche in den Eimer. Einverstanden?" Sie hob den Arm und die Taube flog zu den anderen, die bereits emsig bei der Arbeit waren. Aschenbrödel lächelte. Ich bin halt doch nicht ganz und gar allein, dachte sie. Und es gab sogar jemanden, der auf sie wartete. Sie nahm ihren Schaffellumhang vom Nagel an der Wand und stahl sich leise zur Tür hinaus.

Das Schatzkästchen

Aschenbrödel drückte die Tür hinter sich zu, eilte die Treppe hinunter und rannte über den Hof. Alle waren so mit den Vorbereitungen für die Ankunft des Königsgefolges beschäftigt, dass niemand sie bemerkte.

Im Stall stieg ihr der Geruch von Heu und Stroh und Pferden in die Nase. Sie blieb stehen und sog ihn tief ein. Wenn sie jetzt die Zeit zurückdrehen könnte, würde ihr Vater bei Nikolaus sein und auf sie warten. Er würde sie necken, weil sie so lange gebraucht hatte, um sich für den Ausritt anzuziehen. Aber er hätte Nikolaus bereits gesattelt und so wären sie auf und davon im Galopp.

Doch es war Winzek, der neben Nikolaus stand und den Schimmel striegelte. Obwohl er ihr den Rücken zukehrte, sagte der Knecht: „Na, Aschenbrödel, ist der König immer noch nicht da?"

„Wie hast du gemerkt, dass ich es bin?" Sie schlüpfte zu Winzek und Nikolaus in den Stand.

„Nicht ich. Das war der Nikolaus, der wittert dich

auf eine Meile. Und warum siehst du dir nicht wie die anderen den Festzug an?"

„Sie lassen mich nicht." Aschenbrödel schmiegte sich an Nikolaus. „Ich bin sowieso lieber bei euch."

Nikolaus schnaubte, als wollte er ihr zustimmen.

„Ja, dich kümmern weder Könige noch Prinzen noch Stiefmütter, was?" Sie streckte sich und kraulte den Schimmel zwischen den Ohren.

Winzek legte den Striegel beiseite und blickte sie an. „Nicht mal auf den Prinzen bist du neugierig?" Sein Gesicht war unrasiert und seine Kleidung schmutzig, aber er war Aschenbrödel der beste Freund auf dem Gutshof. Neben Nikolaus und Kasperle und den Tauben.

Sie zuckte mit den Schultern. „Als er letztes Jahr hier vorbeigeritten ist, hab ich ihn ja schon gesehen." Es war gut, dass sie Nikolaus neben sich hatte, da konnte sie ihm die Flanke streicheln und musste Winzek nicht anblicken.

Der ließ nicht locker. „Na, und? Hat er dir nicht gefallen?"

Was kümmerte sie der Prinz! Aschenbrödel vergrub ihr Gesicht an Nikolaus' Hals. „Nikolaus gefällt mir von allen am besten. Nicht wahr, Nikolaus?" Tief sog sie den Geruch von Pferdehaar und Stall ein.

„Sie kommen!", rief eine helle Jungenstimme von draußen.

„Da sind sie schon!" Winzeks Gesicht glühte vor Aufregung. Er schien alles zu vergessen: dass er sich eigentlich gerade mit ihr unterhielt, dass Nikolaus wichtiger war als der König, dass sie den Festzug nicht einmal ansehen durfte – ja, er stürmte einfach hinaus auf den Hof.

Nur Nikolaus blieb unbeeindruckt. Aschenbrödel presste das Gesicht gegen seinen Hals. Ihr treuer Schimmel hatte sich eine Belohnung verdient. Aschenbrödel eilte zur Stalltür und spähte hinaus.

Alle vom Stallburschen bis zur Köchin hatten sich im Hof versammelt, um den König und sein Gefolge zu sehen. Dora und ihre Mutter waren auf den Balkon getreten und zupften an ihren feinen Kleidern. Eine Zofe legte den Schleier an Doras Hut zurecht, während Mutter und Tochter aufgeregt schnatterten.

Leise zog Aschenbrödel die Tür wieder zu. Niemand würde sie in den nächsten Stunden vermissen. Und sowieso hatte die Stiefmutter ihr verboten, sich beim Festzug blicken zu lassen. Nichts leichter als das!

Nikolaus' Stand hatte eine Tür, die gleich hinaus aufs freie Feld führte. Ihr Vater hatte sie selbst eingebaut, als Überraschung zu ihrem Geburtstag. „Damit du nicht erst durch den ganzen Stall und über den Hof mit ihm gehen musst", hatte er gesagt und ihr zugezwinkert. „Mein ungestümes Mädchen."

Aschenbrödel nahm Nikolaus am Halfter und führte ihn hinaus. Schnell entfernten sie sich vom Gutshof, rannten über das weite Feld. Der Schnee knirschte unter Aschenbrödels Stiefeln und vor ihr lag nichts als der Horizont. Ihr war, als hörte sie die glockenhelle Stimme ihrer Mutter singen, wie immer, wenn sie Tochter und Vater auf einem ihrer Ausflüge begleitet hatte. Es war eine Melodie ohne Worte, traurig und tröstlich zugleich. Aschenbrödel breitete die Arme aus und rannte und rannte. Nikolaus hielt mühelos neben ihr Schritt.

Mit lautem Gebell stürzte ein schwarz-weißes Fellbündel an ihr vorbei. Aschenbrödel lachte und blieb stehen. „Wo treibst du dich denn herum, Kasperle? Du Ausreißer." Sie hockte sich neben den Hund. So gern sie auch wollte, ihn konnte sie nicht mitnehmen. Er sprang immer auf dem Hof herum und irgendwem würde es bestimmt auffallen, wenn er den Festzug nicht mit lautem Bellen begrüßte.

Sie streichelte Kasperle über den Rücken. Er kläffte, drehte sich um sich selbst und stellte sich auf die Hinterbeine, tänzelte vor ihr herum, tat alles, um ihr ein Lächeln und gute Worte zu entlocken. Aschenbrödel schüttelte den Kopf.

„Jetzt spiel nur nicht den Scheinheiligen, sei brav und geh zurück den König begrüßen. Lauf!" Als Kasperle keinerlei Anstalten machte, ihr zu gehorchen, stand sie auf und blickte ihn streng an. „Du weißt doch, wir dürfen nicht mehr im Wald jagen gehen. Ich bin bald mit Nikolaus zurück, und jetzt geh nach Hause." Sie wies zurück zum Gutshof. „Geh!"

Kasperles Bellen klang zwar nach Protest, aber er drehte sich um und rannte auf den Gutshof zu. Aschenbrödel schlug wieder die entgegengesetzte Richtung ein.

Bald erreichte sie die alte Scheune, in der sie Nikolaus' Sattel versteckte und auch sonst alles, was sie vor der Stiefmutter und Dora hatte retten können.

Sie band Nikolaus vor der Scheune an und stieg die knarzende Holzleiter zu der Falltür hinauf. Schon als sie die Tür zum Dachboden aufstieß, rief Rosalie ihr eine Begrüßung zu. Die braun und weiß gefiederte Eule hockte auf einem dicken Holzbalken und blickte sie mit ihren großen runden Augen wachsam an.

„Na, Rosalie, hütest du meine Schätze gut?" Aschenbrödel griff nach dem Holzkästchen, das gleich neben

dem Sitzplatz der Eule stand. „Ja, ja, ich weiß schon."
Natürlich passte Rosalie gut auf. Ihr Gefieder mochte
weich sein, aber ihr Schnabel war scharf und gefährlich. Jeder Fremde, der nach dem Kästchen greifen
wollte, würde das bitter bereuen.

Rosalie vertraute keinem Menschen außer ihr.
Aschenbrödel hatte die Eule einst verletzt im Wald gefunden. Ein Pfeil hatte in einem ihrer Flügel gesteckt.
Aschenbrödel hatte sie in die alte Scheune gebracht
und gesund gepflegt. Seitdem war Rosalie ihr eine
treue Freundin, die Wächterin ihrer Schätze.

Aschenbrödel öffnete das Kästchen. Da lag die
weiße Brosche mit dem golden glänzenden Rand, ein
Geschenk ihres Vaters an ihre Mutter. „Eine Rose für
meine Rose", hatte er gesagt, und sie hatte gelacht.
Ihre Augen hatten geleuchtet, als sie das Schmuckstück von ihm entgegennahm. In feinster Schnitzar-
beit war eine Rosenknospe in den weißen Stein ge-
schnitten worden, ebenso zierlich wie die Gestalt ihrer
Mutter.

Da war auch der kleine silberne Handspiegel, den
ihre Mutter schon von ihrer Mutter geerbt hatte. Früher hatte das Spiegelbild Aschenbrödel hell glänzende
Haare gezeigt und zarte weiße Haut. Das war vorbei.
Sie griff nach dem Tuch, das am Boden des Kästchens

lag, und rieb sich über Stirn und Wangen. Viel half es nicht. Die gröbsten Rußflecken konnte sie wegreiben, doch ihre Haut blieb von einem grauen Ascheschleier überzogen.

Draußen wieherte Nikolaus. Richtig! Sie hatte ja noch etwas vor. Und Nikolaus war es egal, wie sie aussah. Sie legte ihre Schätze zurück in das Holzkästchen und stellte es wieder neben Rosalie.

„Nikolaus ruft mich", erklärte sie der Eule. „Wir haben nicht viel Zeit, weißt du." Sie streichelte Rosalie zum Abschied noch einmal über das weiche Gefieder und lud sich beim Hinausgehen Nikolaus' Sattel auf die Schulter. Die Falltür ließ sie offen, damit Rosalie in der Nacht auf die Jagd gehen konnte.

Begegnung im Wald

Aschenbrödel hielt die Zügel locker und ließ Nikolaus über das Feld und in den Wald hineingaloppieren. Der Wind sang ihr in den Ohren, und es roch so, wie es nur im Winter riechen konnte: nach frisch gefallenem Schnee und klirrend kalter Luft. Die Kiefern bogen sich unter ihrer weißen Last und unter Nikolaus' Hufen stäubte der Schnee nur so auf. Mühelos setzte der Schimmel über einen quer auf dem Weg liegenden Baumstamm. Für einen Augenblick meinte Aschenbrödel auf leisen Schwingen zu fliegen wie Rosalie. Sie hielt den Atem an und schloss die Augen.

Ein Ruck, ein dumpfes Aufschlagen von Hufen auf Waldboden, und sie waren zurück auf festem Grund. Aschenbrödel lachte. Wer wollte da schon den Festzug des Königs sehen?

Der zog bestimmt gerade auf dem Gutshof ein. Fanfaren würden tönen, die Stiefmutter würde Dora letzte Anweisungen erteilen: „Verneige dich tief, vergiss nicht zu lächeln, fortwährend, hast du verstanden?" Und zwischendrin fände sie sicherlich noch die Zeit, die Knechte und Mägde herumzuscheuchen. Hinter den Reitern mit den Fanfaren kämen die Bannerträger und schließlich die Kutsche mit König und Königin. Dora interessierte sich natürlich nur für den Prinzen. Die Stiefmutter würde alles tun, damit der auch auf Dora aufmerksam würde. Fast konnte er einem leidtun.

Aschenbrödel legte den Kopf in den Nacken. Über den Kieferspitzen kündete der Himmel von mehr Schnee – nein, sie brauchte keinen Festzug, hier war sie viel besser dran! Es gab keine schönere Musik als das Knarzen des Sattels und Nikolaus' schneegedämpften Hufschlag. Das hier konnte ihr keiner nehmen.

Von weiter vorn drang fremdes Hufgetrappel zu ihr. Aschenbrödel zügelte Nikolaus und blieb hinter einer Kiefer stehen. Drei Männer mit Pferden näherten sich auf dem Weg. Der Kleidung nach waren sie von adeliger Herkunft. Sie schienen auf der Jagd zu sein, denn sie trugen Armbrüste und deuteten aufgeregt tiefer in den Wald.

Das musste sie sich näher ansehen! Aschenbrödel sprang aus dem Sattel und hieß Nikolaus, sich nicht von der Stelle zu rühren. Sie selbst schlug sich ins Gebüsch. Sie hörte das Klacken der Armbrüste, als die

Männer Pfeile anlegten. Auf leisen Sohlen schlich Aschenbrödel sich näher und näher heran.

Es waren eher noch Jungen als Männer. Der ganz vorne trug schimmernde Gewänder und weiße Lederhandschuhe. Dunkle Haare lugten unter der roten Mütze hervor. Seine zwei Gefährten waren nicht ganz so reich gekleidet. Der eine trug eine blaue und der andere eine grüne Kopfbedeckung.

Rotmütze blieb mit einem Ruck stehen und bedeutete den beiden anderen, leise zu sein. Aschenbrödel drehte den Kopf, um zu sehen, was er erspäht hatte.

Rechts von ihr stakste ein junges Reh durch den Schnee. Drei gegen einen, na wartet, dachte sie, als Rotmütze schon die Armbrust hob und zielte. Blaumütze und Grünmütze taten es ihm gleich.

Schnell bückte sie sich und griff zwei Handvoll Schnee. Er war nicht zu trocken und nicht zu nass, perfekt für einen Schneeball. Jetzt kam es auf den richtigen Zeitpunkt an, sie durfte nicht zu früh werfen und auf gar keinen Fall zu spät. Sie holte weit aus.

Rotmütze drehte sich mit der Armbrust im Anschlag, folgte den Bewegungen des Rehs. Blaumütze und Grünmütze standen mucksmäuschenstill hinter dem Schützen. Der atmete tief ein und hob die Armbrust noch ein Stückchen höher.

Jetzt!

Ihr Schneeball flog in einem perfekten Bogen durch die Luft und traf Rotmütze mitten ins Gesicht, gerade als er auf den Abzug drückte. Er verriss den Schuss. Der Pfeil jagte steil nach oben, das Reh sprang erschreckt davon. Die rote Mütze landete im Schnee.

Gerettet! Aschenbrödel lachte und reckte die Arme hoch.

„Wo sind Ihre Schießkünste geblieben, Hoheit?", fragte Blaumütze. Grünmütze lachte, und Blaumütze setzte der Hoheit die Kopfbedeckung wieder auf.

Eine Hoheit auf der Jagd – für den König war er zu jung. War Rotmütze also der Prinz, der eigentlich auf dem Festzug sein sollte? Wenn, dann schien er sich aus Festzügen nicht viel zu machen. Pech für Dora.

„Da!" Rotmütze deutete in ihre Richtung. Sie war entdeckt! Aschenbrödel drehte sich um und rannte.

„Hinterher!"

Die Schritte und Stimmen ihrer Verfolger waren so laut, dass der ganze Wald in Aufruhr geriet. Sollten sie nur rennen. Sie kannte sich hier aus, die drei würden sie niemals erwischen. Sie kannte jeden umgestürzten Baum, dessen Wurzelwerk ihr ein Versteck bot, jede Senke, die sie vor Blicken schützte, jeden noch so kleinen Pfad, den der Schnee verbarg.

Doch immer wieder hörte sie ein „Da!" hinter sich. Die drei ließen sich nicht so leicht abschütteln. Aschenbrödel erinnerte sich an den missmutigen Blick des Prinzen, als ihm das Reh entkommen war.

Wie wirst du erst blicken, wenn dir auch diese Beute entkommt, Hoheit! Aschenbrödel spähte um den Baumstamm herum, hinter dem sie Schutz gefunden hatte, und lachte ihren Verfolgern zu. Dann drehte sie sich um und rannte weiter. Strengt euch an, wie ihr wollt, mich bekommt ihr nicht!

Während sie davonlief, musste sie an den Prinzen denken. Zwar war sein Blick missmutig gewesen, aber diese dunkelbraunen Augen …

Reiß dich zusammen und renn! Ein Prinz war sicherlich nicht daran gewöhnt, von einem einfachen Mädchen an der Jagd gehindert zu werden!

Wilde Jagd

„Von allen Seiten!", rief Blaumütze. „Einer geht hier lang und einer hier, und ich geh nach links."

Aschenbrödel drückte sich eng an den Stamm einer Kiefer und spähte vorsichtig nach ihren Verfolgern. Der Prinz war ordentlich außer Atem von all der Rennerei. Sie wollte sich schon wieder in den Schutz der Kiefer zurückziehen, da traf sein Blick den ihren. Und er hätte kaum verblüffter aussehen können.

„Das ist ja ein Mädchen!"

Grünmütze näherte sich auf ihrer anderen Seite. Er lachte und schulterte seine Armbrust.

„Ein Hühnchen ohne Federn." Blaumütze kam von hinten und stimmte in das Gelächter ein.

Der Prinz lachte mit.

Er trat einen Schritt auf sie zu und streckte die Hand aus. Doch bevor er sie berühren konnte, zog Aschenbrödel ihm seine Mütze vors Gesicht. Der Prinz taumelte zurück.

Schnell rückte er die Mütze wieder zurecht und

lachte. Allerdings trat er noch einen Schritt zurück. „Sieh mal einer an, sie will mit uns raufen!"

„Vielleicht will sie auch lieber den Po versohlt kriegen", sagte Grünmütze.

„Oder ins Gestrüpp fliegen", schlug Blaumütze vor.

„Da könnt ihr warten, bis ihr schwarz werdet!", rief Aschenbrödel, drehte sich um und floh.

„Na warte, gleich kannst du was erleben!" Der Prinz stürmte ihr hinterher, seine Gefährten an seiner Seite.

Aber Aschenbrödel war schnell wie der Wind. Sie schlug einen Haken nach dem anderen und war ihnen bald wieder um etliche Längen voraus.

Weiter vorne hörte sie Pferde schnauben. Aschenbrödel lachte. Na warte, den Verfolgern würde sie es zeigen! Sie hielt inne und blickte zurück. Der Prinz und seine Gefährten keuchten, während sie den kleinen Anstieg hinaufkamen.

„Du wirst doch wohl nicht mit einem Mädchen raufen wollen!", rief sie dem Prinzen zu. „Drei Männer wie ihr."

Ob sie es nun wollten oder nicht, Aschenbrödel hatte nicht die Absicht, ihnen Gelegenheit dazu zu geben. Schon jagte sie weiter und war vor den drei anderen an der Stelle, wo die ihre Pferde angebunden hatten. Sie schnaubten und tänzelten. Kräftig sahen sie alle aus, doch der Apfelschimmel gefiel ihr am besten. Die graue Zeichnung auf seinem weißen Fell wirkte, als wäre er durch eine Aschewolke galoppiert. Da war er doch wie für sie gemacht!

Aschenbrödel schwang sich in den Sattel und drückte dem Pferd die Fersen in die Flanken.

Hinter ihr stolperten ihre drei Verfolger heran. „Spring ab! Er wirft dich sonst runter!", rief der Prinz.

Der Apfelschimmel stieg auf die Hinterhufe und wieherte. Doch Aschenbrödel hatte die Zügel fest im Griff. Sie schnalzte dem Apfelschimmel beruhigend zu und er sprang mit ihr im Galopp davon. Er wirft dich runter, ha! Der Prinz mochte einem Mädchen vielleicht nichts zutrauen, aber ihr Vater hatte immer gesagt, dass sie Zauberhände hatte, was Pferde anging.

„Komm sofort zurück!" Die Stimme des Prinzen klang schon leiser.

Aschenbrödel lachte nur und feuerte den Apfelschimmel weiter an. Er galoppierte, dass es eine Freude war, flog mit ihr über den Schnee.

„Du wirst nicht weit kommen!" Das war einer der Gefährten des Prinzen. Ob Blaumütze oder Grünmütze konnte sie nicht sagen.

„Das wird ein schlimmes Ende nehmen, an das Pferd will nicht mal mehr der Stallmeister ran."

Die Stimmen ihrer Verfolger wurden leiser und leiser, so geschwind trug der Apfelschimmel sie auf den Wald zu. Er schnaubte und griff weit aus, als machte es ihm Freude, mit ihr dem Prinzen davonzurennen.

„So ein verrücktes, dummes Mädchen!", hörte sie den Prinzen schreien.

Wie wild sie auch sind, meinem Mädchen fressen sie nach einer Berührung aus den Händen und gehorchen ihr aufs Wort. Das hatte ihr Vater jedem Stallmeister gesagt, wenn der meinte, ein Pferd sei zu feurig für so eine junge Dame.

Sie strich dem Apfelschimmel über den Hals, spürte die kräftigen Muskeln, die sich bei jedem Sprung anspannten. Da mochten ihre Verfolger sich noch so sehr anstrengen, dieses Pferd würden sie niemals einholen!

Aschenbrödel zügelte seine Schritte erst, als sie Nikolaus erspähte. Der schnaubte und scharrte mit den Hufen, als er sie auf einem fremden Pferd herankommen sah.

„Entschuldige, alter Freund", sagte sie, „es ging nicht anders. Ich wollte eben so schnell zu dir zurück wie nur möglich." Sie brachte den Apfelschimmel neben

Nikolaus zum Stehen und sprang aus dem Sattel. Mit einem Klaps auf die Flanke schickte sie ihn den Weg zurück, den sie gekommen waren. „Lauf zu deinem Herrn, los!"

Das ließ der Apfelschimmel sich nicht zweimal sagen und sprang davon. Aschenbrödel aber wandte sich Nikolaus zu und schwang sich auf seinen Rücken. Sie nahm die Zügel auf und schlug den Rückweg ein.

Doch waren das schon Hufschläge hinter ihr? Konnten ihre Verfolger bereits so nah sein? Eilig lenkte sie Nikolaus vom Weg hinunter in den Schutz einiger dichter Kiefern.

„Ruhig, jetzt, mein Bester, ganz ruhig", flüsterte sie. Nikolaus schien jedes Wort zu verstehen und gab keinen Laut von sich.

Tatsächlich hatten die drei Verfolger sie fast eingeholt. Allerdings saßen nur zwei zu Pferde, der dritte, Blaumütze, rannte neben ihnen her und sah schon reichlich erschöpft aus. Als der Apfelschimmel auf sie zustürmte, gelang es Blaumütze, die Zügel des Pferds zu ergreifen.

„So eine Wilde." Der Prinz schwang sich aus dem Sattel.

„Ja, eine Tracht Prügel verdient sie", sagte Grünmütze.

Der Prinz lachte. Er nahm Blaumütze die Zügel des Apfelschimmels aus der Hand und tätschelte dem Pferd den Hals. „Eher einen Orden, meine Herren, dafür dass sie uns so reingelegt hat."

Aschenbrödel in ihrem Versteck schmiegte sich eng an Nikolaus' Hals. Humor hatte er, der Prinz, das musste sie ihm lassen. Und ein guter Reiter war er auch.

„Hoheit! Hoheit!" Ein dicker Mann watschelte auf die Lichtung zu, auf der die drei Gefährten standen. Der Mann war deutlich älter als die drei und trug einen Pelzumhang, unter dem er mächtig schwitzte. „Hoheit! Was tut Ihr Eurem armen Lehrer an?" Er hetzte auf die Lichtung zu, so schnell ihn seine dicken Beine trugen, und zog ein Pony hinter sich her.

Der Prinz schien kein Mitleid mit dem alten Mann zu haben. „Ab in den Wald!", befahl er seinen Gefährten nur und saß auf. Hoch wirbelte der Schnee unter den Hufen ihrer Pferde auf, dann waren sie verschwunden.

Höchste Zeit, dass auch sie sich auf den Heimweg machte. Lange würde der König mit seinem Gefolge nicht auf dem Gutshof bleiben, und sobald er wieder fort war, würde die Stiefmutter sicherlich neue Aufgaben für sie haben. Aschenbrödel seufzte.

Nikolaus, der ihre Stimmung zu spüren schien, lief mit langsamen Schritten Richtung heimatlichem Stall. Sie trieb ihn nicht zur Eile an.

Der unwillige Prinz

Was gab es Schöneres als einen Galopp durch den Wald? Der Prinz hielt sein Gesicht in den Wind und genoss die letzten Augenblicke der Freiheit. Schon störten die Fanfaren des königlichen Festzuges die Stille des Waldes und gleich würde er sich seinem Vater stellen müssen. Ganz sicher war der wenig begeistert davon, dass er mit Kamil und Witek ausgebüxt war. Dass er sich lieber der Jagd als den Pflichten eines Prinzen widmete.

Aber was für eine herrliche Jagd es gewesen war! Der Prinz lächelte. Die Beute war ihnen zwar entkommen, doch er konnte sich keinen besseren Nachmittag vorstellen.

Wenn es nach seinem Vater gegangen wäre, hätten sie sich dem Studium höfischen Benehmens und ähnlich langweiligem Stoff widmen müssen. Schon der Gedanke daran ließ ihn gähnen. Zudem hatte die Stimme des Präzeptors einen derart einschläfernden Klang, wenn er die Geschichte des Königshauses rezitierte oder erklärte, wie eine vornehme Dame anzusprechen sei, welche im Rang über der anderen stand und so weiter und so weiter – nein, da waren ihm die ungehobelten Worte des wilden Mädchens tausendmal lieber. Wer sie wohl war?

Der Prinz lächelte, als er sich an ihre funkelnden Augen erinnerte. Nein, sein Vater konnte sagen, was er wollte, aber höfisches Benehmen und Diplomatie konnten sich nicht messen mit einem Ritt durch den Wald. Er drückte seinem Pferd die Fersen in die Flanken und galoppierte dem Festzug hinterher.

Die königlichen Banner flatterten im Wind, die Geschirre der Pferde waren mit Gold und Silber verbrämt. In Zweierreihen trabte die Kolonne über den Waldweg Richtung Schloss. Die Kutsche mit seinen Eltern befand sich in der Mitte des Festzuges. Der Prinz straffte die Schultern und schloss zu ihnen auf, entschlossen, die Rügen mit gelassener Miene und vor allem schweigend über sich ergehen zu lassen.

Kaum hatte er die Kutsche erreicht, legte sein Vater auch schon los: „Schämst du dich denn nicht, dich wie ein kleiner Junge zu benehmen? Ich in deinem Alter habe schon längst …"

Der Prinz vergaß alle guten Vorsätze. Diese Worte kannte er in- und auswendig. „… die Bürde der Regierung auf meinen Schultern getragen", echote er seinen Vater und verdrehte die Augen. Dem fiel auch wirklich nichts Neues ein. Kein Wunder, wenn man Tag um Tag im selben Saal auf demselben Thron saß! Wenn er dann mal das Schloss verließ, saß er in einer Kutsche statt hoch zu Pferde. Ein anständiger Galopp brachte das Blut in Wallung und wirbelte ordentlich frische Luft in den Kopf. Da kam man auf neue Gedanken. Aber sein Vater würde das nie verstehen.

„Dir wird schon der Kamm herunterfallen, wenn ich dich verheiraten werde", sagte der König. „Dann wirst du zahmer werden."

Wenn der Vater von Heirat sprach, wurde es ernst. Der Prinz schüttelte sich innerlich. Niemals würde er sich zähmen lassen, die Frau musste erst noch erfunden werden, die das fertigbrächte! Doch er beherrschte sich. Er lächelte seinem Vater zu und neigte den Kopf. „Deine Erfahrungen schätze ich sehr."

Mochte sein Vater daraus machen, was er wollte.

Der wollte schon etwas erwidern, doch die Königin legte ihm beruhigend eine Hand auf den Arm. „Darüber können wir uns doch zu Hause unterhalten. Ohne Zeugen." Sie nickte in Richtung der Knappen, die hinten auf der Kutsche standen.

Seine Mutter verstand es immer wieder, von diesem

verfänglichen Thema abzulenken. Der Prinz zwinkerte Witek und Kamil zu, die gleich hinter ihm ritten, und ließ sich hinter die beiden zurückfallen. Fürs Erste hatte er genug von den königlichen Ansprachen. Sogar sein sonst so ungestümer Apfelschimmel ließ den Kopf hängen, als er hinter der Kutsche hertrabte.

Der König jedoch war mit seiner Litanei noch lange nicht am Ende. „Meine Herren", wandte er sich an Witek und Kamil, „ich habe gehofft, dass Ihr Eure Aufmerksamkeit eher der Diplomatie, dem vornehmen Benehmen und der Hofetikette widmen werdet."

„Königliche Majestät", sagte Witek, „wir bemühen uns nach allen Kräften, keine Minute zu verlieren."

„Dieses Studium ist gewiss eines der schwierigsten, Eure Majestät. Und äußerst mühselig", sagte Kamil mit einer solchen Ernsthaftigkeit, dass sogar der Prinz versucht war, ihm zu glauben.

„Wo habt Ihr den Herrn Präzeptor gelassen?", erkundigte sich der König.

Im Wald, dachte der Prinz, doch er hielt seine Zunge im Zaum.

„Sicher hat er sich wieder verlaufen", sagte Witek.

Kamil seufzte. „Wenn ihm nur nichts zustößt!"

Der Prinz war froh, dass sein Vater mit dem Rücken zu ihm saß. So überzeugend Kamil und Witek ihre Besorgnis auch spielten, ihm wollte sie nur ein lautes Lachen entlocken. Dazu noch die Vorstellung, wie der Präzeptor mit seinem Pony durch den Schnee stapfte – da nützte ihm alle Kenntnis von höfischem Benehmen nichts.

Es gab kein ruhigeres und braveres Pferd am ganzen Hofe und doch verfluchte der Präzeptor es immer wieder als den Teufel. Dabei konnte das Tier nun wirklich nichts dafür, wenn der Präzeptor von seinem Rücken fiel.

Der Prinz schluckte das Lachen hinunter und lenkte sein Pferd an die rechte Seite der Kutsche, wo seine Mutter saß. Er beugte sich nah zu ihr und sprach leise, damit sein Vater ihn nicht hörte. „Hat er nur so gedroht oder will er mich wirklich verheiraten?"

„Nein, diesmal meint er es ernst."

Den Prinzen schüttelte es. Das durfte doch nicht wahr sein! Sein treuer Apfelschimmel stieg mit den Vorderhufen hoch in die Luft, als spürte er das Entsetzen seines Reiters. Am liebsten wäre er zurück in den Wald geflohen. Aber wenn sein Vater ernsthaft an eine Heirat dachte, wollte er ihn lieber nicht weiter reizen.

Wenigstens hielten Kamil und Witek genauso wenig vom Heiraten wie er. Sie mussten ihm helfen, seinen

Vater umzustimmen, zusammen fiel ihnen bestimmt ein guter Plan ein. Nur weil sein Vater jung geheiratet hatte, musste er das doch noch lange nicht tun.

Endlich kamen die Türme des Schlosses in Sicht. Hoch ragten sie über die Schlossmauern auf. Von dort oben, wusste der Prinz, hatte man eine herrliche Aussicht und konnte sich einbilden, dass es nichts auf der Welt gäbe, das einen einsperrte oder am Fortfliegen hinderte.

Doch er war kein Vogel. Er war ein Prinz und eines Tages würde er König sein. Und dann würde er wie sein Vater endlose Stunden und Tage mit dem zubringen, was sein Vater „das Land regieren" nannte. Dann wäre Schluss mit der Jagd und wilden Ausritten und der Sorglosigkeit.

Manchmal, da wünschte er sich wirklich, von niedriger Geburt zu sein. So wie das wilde Mädchen. Wer immer sie sein mochte, ihr verbot offensichtlich niemand, den lieben langen Tag im Wald herumzustromern.

Der Prinz starrte auf die Schlossmauern und hoffte, dass der Tag, an dem er das Land regieren musste, noch lange nicht kommen würde.

Was dir vor die Nase kommt

Aschenbrödel tauchte die Hände erneut in den eisigen Fluss und zog die Wäschestücke durch das Wasser, wie die Stiefmutter es ihr aufgetragen hatte.

Als sie sich wieder auf den Gutshof gestohlen hatte, waren die Stiefmutter und Dora bei allerbester Laune gewesen. Sie hatten sich gar nicht mehr beruhigen können über die Einladung zum königlichen Ball. Aschenbrödel runzelte die Stirn. Wenn der König wüsste, wie gehässig die beiden sein konnten, hätte er sie bestimmt nicht zum Ball gebeten!

Die Stiefmutter hatte über das ganze Gesicht gestrahlt, als sie vor dem versammelten Gesinde angab, mit welcher List sie dem König die Einladung entlockt hatte. Wie ein unschuldiger Jüngling sei der König ihr auf den Leim gegangen. Ein tiefer Knicks und ein paar Schmeicheleien, mehr habe sie nicht benötigt, und nun würde ihr Dorchen im Schloss tanzen!

Als Aschenbrödel zu Rosie in die Küche gekommen war, hatte die Geschichte anders geklungen. Aufgedrängt habe die Gutsherrin sich dem König, der habe gar keine Möglichkeit gehabt abzulehnen. Das Essen habe das Königspaar dann nicht einmal mehr angerührt! Nein, sie seien umgehend wieder aufgebrochen. Rosie hatte die Hände gerungen und auf all die Platten und Schüsseln gezeigt, die noch bis zum Rand gefüllt waren.

So eilig hätte der König zum Aufbruch gewunken, dass die Mägde den edlen Damen und Herren hinterherrennen mussten, um Gläser und Teller wieder einzusammeln, bevor sie vom Hof ritten. Die Köchin hatte noch immer erschrocken ausgesehen bei der Vorstellung, dass beinahe alles Geschirr des Gutshofes von den edlen Herrschaften entführt worden wäre.

Wenn ihre Stiefmutter und Dora wüssten, wie sie mit dem Prinzen durch den Wald gejagt war! Trotz ihrer halb erfrorenen Finger musste Aschenbrödel lächeln. Was war das für ein Spaß gewesen. Und auf dem Gutshof hatte niemand ihre Abwesenheit bemerkt. Sogar ein wenig von dem Festmahl hatte sie noch stibitzen können – ja, alles in allem war das ein guter Tag gewesen.

Ganz anders als heute.

Ihre Knie schmerzten, so lange hockte sie nun schon auf dem schmalen Steg am Fluss und schrubbte die

Wäsche. Der Schnee auf den Holzbohlen war zu Eis gefroren und der Stoff ihres Kleides so dünn, dass die Kälte ihr bis in die Knochen schnitt. Ihre Finger waren rot und blau und rissig, und in den Rissen brannte die Kälte wie Feuer. Keine von den anderen Mägden wurde im Winter zum Wäschewaschen an den Fluss geschickt.

Aschenbrödel zog ein neues Tuch durch das eisige Wasser und wrang es ordentlich aus. Die Kleidung, die sie trug, war an manchen Stellen schon gefroren, und sie musste achtgeben, dass der Stoff nicht brach. Der Fluss rauschte unbeeindruckt neben dem Steg her und nahm das Wasser wieder auf, das Aschenbrödel aus der Wäsche presste.

Auf einmal erklang Glockengeläut vom Waldweg zu ihr hinab. Es war Winzek mit dem großen Schlitten. Ein helles und ein dunkles Pferd hatte er davorgespannt und im munteren Trab zogen sie Winzek durch den Wald.

„Brrrrr!", rief Winzek nun und sah zu ihr hinab. „Aschenbrödel, du wirst erfrieren. Hat dir das die Herrin befohlen?"

Sie richtete sich auf und umklammerte ein triefend nasses Stück Wäsche mit beiden Händen. „Wer denn sonst?"

Winzek war in die Stadt unterwegs. Aschenbrödel wusste auch, weshalb. Tausend Dinge musste er für die Herrin und Dora besorgen: goldenen Zwirn, Seide, etliche Ellen Stoff, Samt und Atlas wünschten die Damen in Himmelblau, eine goldene Borte und silberne Spangen für Doras Tanzschuhe und das war noch lange nicht das Ende ihrer Wünsche.

Aschenbrödel krampfte die Finger fester um das Wäschestück.

„Und du willst nichts?", fragte Winzek. „Soll ich dir nichts aus der Stadt mitbringen?"

Sie starrte in den Fluss und schluckte. Das sah Winzek gar nicht ähnlich, so gedankenlos zu sein. Als ob sie etwas mit edlen Stoffen und Schmuck anfangen könnte! „Ein Diadem mit Perlen und dazu ein langes Kleid." Aschenbrödel schniefte. Schnell streckte sie die Arme vor und wrang die Wäsche aus, dass das Wasser nur so hinunterrann. „Ich seh sie schon vor mir, wie sie mich zum Ball einladen."

Winzek seufzte. „Deshalb brauchst du doch nicht zu weinen." Seine Stimme war so sanft, wie es die Hand ihrer Mutter gewesen war, wenn sie Aschenbrödel über das Haar streichelte. „Und wenn es nach mir ginge, dann würde ich dir alles mitbringen, was du dir wünschst. Das kannst du mir glauben."

Aschenbrödel fuhr sich mit einer Hand über die Augen. „Dann bring mir das mit, was dir auf deinem Weg vor die Nase kommt." Sie lachte.

Winzek stimmte in ihr Lachen ein. „Ist gut, das mach ich." Er schlug mit den Zügeln und die beiden Pferde setzten sich wieder in Bewegung. Die Glöckchen am Schlitten klangen und sangen, während Winzek ihr noch einmal zuzwinkerte und davonfuhr.

Sie winkte ihm nach und hockte sich wieder auf den Steg. Was kümmerte sie schon ein Ball! Wenn die Stiefmutter und Dora fort waren, konnte sie Nikolaus satteln und über die Felder galoppieren. Das war tausendmal besser als jeder Tanz mit dem Prinzen je sein konnte.

So ein Prinz hatte es gut, der musste keine Wäsche im eisigen Fluss waschen. Nein, der konnte den lieben langen Tag mit seinen Freunden im Wald herumgaloppieren und musste sich keine Sorgen machen, dass ihn jemand dabei erwischte. Ein Prinz müsste man sein, dachte Aschenbrödel.

Allerdings würde der Prinz nun mit Dora tanzen müssen und darum beneidete Aschenbrödel ihn wirklich nicht. Immerhin hatte sie früher Tanzunterricht mit ihrer Stiefschwester gehabt, bis – ja, bis die Stiefmutter dem nach dem Tod des Vaters ein Ende setzte.

Bestimmt hatte es sie geärgert, dass die Tanzlehrerin Aschenbrödel mehr gelobt hatte als Dora.

„Nimm dir ein Beispiel an deiner Schwester", hatte Madame Belledanse immer gesagt.

„Stiefschwester", hatte Dora sie jedes Mal korrigiert und die Nase gerümpft.

Aber die Tanzstunden waren Geschichte, so wie die guten Zeiten mit ihrer Mutter und ihrem Vater auch. Sosehr sie sich auch nach ihnen sehnte, sie würden nie zurückkommen. Aschenbrödel tauchte ein neues Stück Wäsche in den Fluss und schrubbte es heftig.

Ein Gutes hatte das: Niemand erwartete von ihr, sich wie eine Dame zu benehmen. Sie musste nicht tanzen und höfliche Konversation betreiben und vor keinem König katzbuckeln, mit Tausenden von anderen edlen Töchtern um die Hand seines Sohnes buhlen.

Aschenbrödel lächelte und sang leise vor sich hin, sang dem Fluss und sich selbst ein Lied.

Drei Haselnüsse

Wie sie dem Präzeptor wieder einmal davongaloppiert waren – herrlich! Fast hätte der Prinz ja noch Mitleid mit dem Mann bekommen, als er ihn seufzen hörte: „Das ist kein Lehramt, sondern eine Strafe." Aber nun war er doch erleichtert, dass er sowohl weiterer Unterrichtsstunden als auch der Ballplanung mit seinem Vater entkommen war. Der Prinz atmete tief die kühle, klare Luft ein und lächelte. Er trieb sein Pferd an, überholte Witek und Kamil.

Sie ritten tief in das Herz des Waldes hinein. Die Bäume standen hier so dicht, dass kein Galopp mehr möglich war, und der Schnee lag unberührt vor ihnen. Der Prinz war sich sicher: Außer den Tieren des Waldes hatte noch niemand diese Luft geatmet. Er hieß seine beiden Gefährten absteigen. Solch heiligen Boden musste man zu Fuß erkunden. Und in Stille.

Trotzdem ertappte er sich immer wieder dabei, dass er auf etwas lauschte. Erst wusste er nicht, was er zu hören hoffte. Den Ruf eines Falken hoch oben in der

Luft, das Pochen eines Spechtes, der mit dem Schnabel auf einen Baumstamm einschlug, das Rauschen, wenn Schnee von den schwer beladenen Ästen fiel, das sanfte Knirschen von Schnee unter den Hufen eines Rehs …? Nein, das war es alles nicht. Er wollte das Lachen des Mädchens wieder hören. Sogar noch einen Schneeball mitten ins Gesicht würde er dafür in Kauf nehmen.

Dort zitterte ein Ast. Der Prinz hielt die Luft an. Es war nur eine Meise, die ins Unterholz geflogen war. Schnee fiel ihm in den Nacken und er hob den Kopf. Da – von der Kiefer rieselte es immer noch weiß hinab. Aber es war nur ein Eichhörnchen, das von Ast zu Ast hüpfte.

Und wohin er auch blickte, was er auch hörte, immer waren es nur die Bewohner des Waldes oder der Wind, der zart über das Moos an den Baumstämmen strich.

Was war nur mit ihm los? Der Prinz schüttelte über sich selbst den Kopf. So kannte er sich gar nicht. Er streifte im Wald umher, seine zwei besten Freunde begleiteten ihn, sie hatten ihre Armbrüste dabei und konnten jagen, was ihnen vor die Nase kam – und doch dachte er nur an sie. Wie schnell sie gewesen war! Und wie unverschämt. Furchtlos geradezu.

Auf keinem Ball der Welt würde er so ein erstaunliches Mädchen treffen, das spürte er. Seine beiden Gefährten dicht auf den Fersen, schlich der Prinz von Baum zu Baum, so leise, wie der Schnee es ihm erlaubte, und spähte nach einer Beute. Es schien, als hätten die Waldbewohner seine Absicht gespürt. Jedenfalls ließ sich nichts und niemand mehr blicken.

Weiter vorn verlief eine Schneise zwischen den Bäumen. Waren sie schon so weit gelaufen, dass es wieder Wege gab? Ein leises Klingen vertrieb die Stille, das helle Klingeln von Schlittenglöckchen.

Der Prinz verbarg sich hinter einem Baumstamm und drehte sich zu Kamil und Witek um. „Psst." Er legte einen Finger an die Lippen.

Auf dem Weg kam ein Pferdeschlitten in Sicht. Die zwei Zugpferde trotteten gemächlich dahin, schnupperten mal hier und mal dorthin. Den Kerl auf dem Kutschbock kümmerte das nicht – kein Wunder, so laut, wie der schnarchte. Es klang, als würde er im Traum die dicksten Baumstämme zersägen. Sein ganzer Körper bebte bei jedem neuen Schnarcher.

Dem würde er einen ordentlichen Schreck einjagen! Der Prinz verbiss sich ein Lachen. So ein Schläfchen auf dem Kutschbock war gefährlich, das konnte böse enden. Hinter sich hörte er das halb unterdrückte Lachen von Witek und Kamil. Vor ihnen kam der Schlitten dichter und dichter heran. Jeden Augenblick würde er gleichauf mit ihrem Versteck sein.

Der Prinz legte die Armbrust an. Jetzt brauchte er nur noch …

Ein besonders lauter Schnarcher ließ ihn zusammenzucken. Fast hätte er dabei auf den Abzug gedrückt und den Pfeil auf den Weg geschickt. Der Prinz legte die Armbrust neu an und fand sein Ziel.

Kurz schaute er auf den schnarchenden Kutscher, dann wieder hinauf zu dem Vogelnest, das verlassen auf einer Astgabel ruhte. Gleich wäre es mit der Ruhe vorbei. Der Prinz zielte und schoss.

Noch hallte das Klacken des Abzugs durch den Wald, da stieß der Pfeil das Vogelnest von der Astgabel. Es wackelte, stürzte und fiel dem schlafenden Kutscher geradenwegs auf die Nase.

Der schreckte auf. „Brrrr!", rief er den Pferden zu. Die Tiere hörten auf die Stimme ihres Herrn, und der Schlitten kam zum Stehen. „Was ist denn …" Der Kutscher kratzte sich am Kopf und schaute auf das Vogelnest, das auf seinem Schoß gelandet war. Er griff hinein und zog einen Zweig mit Haselnüssen daraus hervor. „Mädchen, dich hätte ich fast vergessen", murmelte der Kutscher und steckte den Zweig mit den Haselnüssen ein. „Hüa!" Er ließ die Zügel schnalzen und fuhr glöckchenklingend weiter.

Seltsamer Kerl, dachte der Prinz. Er stieß Kamil und Witek an. Höchste Zeit zu verschwinden. Lachend rannten sie durch den Wald davon.

Vorbereitungen zum Ball

Aschenbrödel fuhr mit dem Staubwedel über die breiten Absätze des Kachelofens, dass die Ascheflöckchen nur so durch die Luft wirbelten. Trotzdem lehnte sie sich dicht an den warmen Ofen. Das bisschen mehr an Staub würde auf ihren grauen Kleidern nicht auffallen.

Auf dem großen Esstisch der guten Stube war ein Meer von Stoffen ausgebreitet. Sie glänzten blau, grün und golden, weiß und silberfarben. Und natürlich waren sie alle für Dora bestimmt. Dora, die sich einen silberdurchwirkten weißen Stoff über die Schultern warf, durch die Stube stolzierte und sich im Spiegel bewunderte. Hin und her drehte sie sich, als wäre sie schon beim Ball und tanzte mit dem Prinzen. Die Stiefmutter stand neben ihr und strahlte über das ganze Gesicht.

Aschenbrödel drückte sich an die warmen Kacheln und fuhr mit den Fingern über die blauen Zeichnungen darauf.

„Lümmle nicht herum!", herrschte die Stiefmutter sie an. „Mach, dass du fertig wirst!"

Kaum widmete Aschenbrödel sich wieder dem Staubwischen, tippte ihr jemand auf die Schulter.

„Aschenbrödel."

Sie drehte sich um. Da stand Winzek. Er verbarg etwas in seinen schwieligen Händen und lächelte sie schüchtern an. „Sie sind mir wirklich gerade auf die Nase gefallen." Er streckte ihr eine Hand entgegen. „Gerade als ich träumte, wir wären auf deiner Hochzeit."

Winzek hatte ihre Worte also nicht vergessen! Im Gegenteil – er war ihnen aufs Treueste gefolgt. Aschenbrödel nahm den kleinen Zweig entgegen, den er ihr so feierlich überreichte. Drei braune Haselnüsse waren daran.

Behutsam strich sie mit dem Finger über die glatte Schale. Als wäre es ein kostbares Geschenk, edler noch als all die Stoffe, die er für die Herrin und Dora mitgebracht hatte. Sie wollte ihm gerade für das schöne Geschenk danken, da fuhr die Stiefmutter dazwischen.

„Was hast du ihr da gegeben?" Sie stürzte auf Aschenbrödel zu, wie ein Geier auf seine Beute niederging. „Zeig mal her!"

Zögernd legte Aschenbrödel den Zweig auf die ausgestreckte Hand der Stiefmutter.

Die drehte und wendete das Zweiglein und kniff die Augen zusammen. „Ein hübsches Geschenk", spottete sie und hielt es hoch, damit auch Dora es betrachten konnte. „Hm. Wie für ein Eichhorn, hm?"

Dora kicherte.

Lieber bin ich ein Eichhorn als so eine eingebildete Gans, dachte Aschenbrödel. Trotzdem spürte sie Tränen in den Augen. Sie blinzelte sie schnell weg. Diesen Triumph wollte sie der Stiefmutter und Dora nicht gönnen.

Dora lachte und trippelte zurück zum Spiegel. Den Vergleich mit der Gans nehme ich zurück, dachte Aschenbrödel, das wäre ja eine Beleidigung für die Gans.

Ohne sie auch nur anzuschauen, warf die Stiefmutter ihr Winzeks Geschenk zurück. Aschenbrödel konnte das Zweiglein gerade noch erwischen und barg es sogleich in der Tasche ihrer Kittelschürze. Es schien ihr, als ginge eine tröstliche Wärme von dem kleinen Zweig aus.

Die Stiefmutter war schon wieder zu Dora geeilt und drapierte grün glänzenden Atlasstoff um die Schultern ihrer Tochter.

Dora betrachtete ihr Spiegelbild, fuhr mit einer Hand über den Ärmel ihrer Bluse und hielt am Aufschlag inne. „Hier müsste jetzt noch die Spitze drauf und hier ...“ Sie riss die Augen weit auf. „Mami, Mami, du hast vergessen, mir die Spitze zu kaufen!“ Sie schnappte nach Luft. „Und was ist mit der Halskette?“ Doras Stimme steigerte sich zu einem Kreischen. „Und den Ohrringen?“ Sie wollte sich gar nicht mehr beruhigen.

Aschenbrödel steckte eine Hand in die Tasche ihrer grauen Kittelschürze und berührte das Zweiglein. Kein Schmuck der Welt könnte das gewöhnliche Gesicht ihrer Stiefschwester reizvoll erscheinen lassen. Da mochte sie sich in noch so viele edle Stoffe und Spitzen hüllen, keinen Prinzen würde sie täuschen können.

„Winzek?“ Die Stiefmutter zeigte eine gewisse Hektik, wie immer, wenn Dora sich in einen ihrer Anfälle hineinsteigerte.

„Ja, Herrin?“

„Aber Mami!“, schrie Dora. „Du wirst doch nicht den Winzek schicken, damit er für uns, damit er für uns ...“ Sie schluckte und rote Flecken breiteten sich auf ihren Wangen aus. „... damit er für uns Spitzen und Schmuck kauft.“

„Du hast Recht", sagte die Stiefmutter sofort. „Wir werden selbst in die Stadt fahren."

Dora strahlte.

Die Stiefmutter winkte Winzek heran.

Der trat von einem Fuß auf den anderen, als wäre er zu gern an jedem anderen Ort der Welt. „Ja, bitte?"

„Ruf den Meier, er soll einspannen lassen."

Winzek neigte den Kopf und war fort wie der Blitz.

Was würde sie darum geben, ihm folgen zu dürfen! Doch sie musste hierbleiben und arbeiten, während Dora sich neben ihr aufbaute, die Hände in die Hüften gestützt und Spott im Blick.

Aschenbrödel tat, als fordere das Staubwischen all ihre Aufmerksamkeit.

Doch natürlich ließ die Stiefschwester sie nicht in Ruhe. „Aschenbrödel, möchtest du mit uns in die Stadt fahren?"

Die blauen Linien auf den Kacheln verschwammen vor ihrem Blick. Ewigkeiten war es her, dass sie in der Stadt gewesen war. Ihr Vater hatte sie mitgenommen – nur sie und er. Und sie hatte neben ihm auf dem Kutschbock gesessen, die Lichter der Laternen hatten auf dem Schnee geglitzert.

Aschenbrödel wagte nicht, sich umzudrehen, wagte nicht zu hoffen, Dora könnte die Frage ernst meinen –

und doch ertappte sie sich dabei, wie sie mit dem Kopf nickte.

Schon lachte Dora schallend. „Ausreißen würden die Leute vor dir!"

Aschenbrödel klammerte sich mit beiden Händen an den breiten Sims des Kachelofens. Sosehr sie es danach verlangte, sie durfte sich nicht dazu hinreißen lassen, sich umzudrehen und die Hand gegen Dora zu erheben.

„Du faulenzt ja schon wieder", ertönte die Stimme der Stiefmutter hinter ihr. „Aufkehren sollst du!"

Aufkehren, bitte, das konnte sie haben! Aschenbrödel bückte sich und nahm das Reisigbündel neben dem Ofen auf. Sie fegte mit ihm über die groben Kohlenkörner, die vor der Ofenöffnung lagen, dass sie wild durcheinanderkullerten.

„Ordentlich hab ich gesagt", schimpfte die Stiefmutter. „Verstanden?"

Laut genug brüllte sie ja. Aschenbrödel ließ das Reisigbündel fallen und schnappte sich den Besen. Mit wütenden Strichen zog sie ihn über den Boden, dass die Asche nur so aufwirbelte. Graue Schwaden zogen durch die gesamte Stube, hüllten sie selbst, Dora und die Stiefmutter ein, legten sich auf die feinen Stoffe.

„Hör sofort auf!", kreischte die Stiefmutter zwischen heftigen Hustenanfällen, und auch Dora war das Lachen gründlich vergangen.

Die erste Haselnuss

Aber natürlich hatten Dora und die Stiefmutter das letzte Wort behalten. Aschenbrödel seufzte und füllte den Weidenkorb mit Heu für Nikolaus. Ihr kurzer Triumph war süß gewesen, doch die Folgen umso bitterer. Dora und die Stiefmutter hatten sie mit Arbeit überschüttet und sie gleich wieder nach draußen in die Kälte geschickt.

Wenigstens leisteten die Tiere ihr Gesellschaft. Kasperle tollte im Schnee umher, als wäre alles in bester Ordnung. Laut bellend umkreiste er Nikolaus und neckte den Schimmel mit seiner Wendigkeit und seinen Kunststückchen.

Winzek stand auf der alten klapprigen Holzleiter und sägte Äste von den kahlen Bäumen. Er warf ihr einen mitleidigen Blick zu, als er von der Leiter stieg und das Bündel Holz auf dem Schlitten festzurrte. Dann legte er sich das Seil um eine Schulter und zog den voll beladenen Schlitten quer über die schneebedeckte Fläche Richtung Gutshaus.

Nikolaus trabte zu ihr an die alte Scheune, während Kasperle weiter laut bellend im Schnee herumtollte. Aschenbrödel stellte den Korb mit dem Heu ab. „Kasperle, sei ruhig." Sie strich Nikolaus über die Nüstern. „Warte einen Moment, ich will nur sehen, was Rosalie macht."

Schnell stieg sie die Leiter zum Dachboden der Scheune hinauf. Die Eule saß auf ihrem angestammten Platz und blickte ihr aus den dunklen runden Augen entgegen. Aschenbrödel seufzte. „Meine liebe Rosalie, du kannst fliegen, wohin du willst."

Rosalie legte den Kopf schräg, als verstünde sie jedes Wort, als wollte sie ihr sagen, dass sie ihr nur zu gern ihre Flügel leihen würde, wenn sie es könnte. Aschenbrödel stützte die Arme auf das Schatzkästchen, das Rosalie für sie bewachte, und legte den Kopf darauf ab.

„Ich darf jetzt nicht mehr vom Gut." Das war die Strafe dafür, dass sie die Stiefmutter und Dora in Aschewolken eingehüllt hatte. Doras Lachen klang ihr noch in den Ohren. Und ihr Singsang: „Ich geh zum Ball, ich geh zum Ball, ich geh zum Ball ins Schloss und das Aschenbrödel bleibt hier."

Nicht einmal einen Reim brachte die zustande. Aber Dora würde zum Ball gehen und sie nicht, das blieb unumstößlich wahr. Aschenbrödel seufzte erneut.

„Und ich würd so gern wissen, wo ich ihn wiederseh." Oder ob sie den Prinzen überhaupt wiedersehen würde. Und wie sie das anstellen sollte. Die Stiefmutter würde sie jetzt strenger überwachen denn je. Selbst wenn ihr eine List einfiele, wie sie sich unbemerkt vom Gutsgelände stehlen könnte – vielleicht, ja vielleicht, wenn die zwei zum Ball fuhren, wenn sie fort waren, könnte auch sie sich davonschleichen … „Aber kann ich denn so gehen?", fragte sie Rosalie und zupfte an ihrem Schaffellumhang. Nein, es war hoffnungslos.

Aschenbrödel nahm das Zweiglein mit den drei Haselnüssen aus der Tasche. Sie drehte und wendete es in den Händen. Es war lange her, dass ihr jemand etwas geschenkt hatte. Winzeks Geschenk gehörte zu den anderen Schätzen in ihrem Kästchen. Sie klappte den Deckel auf.

„Huh-huh!", rief Rosalie sanft.

Aschenbrödel hob den Kopf. Eine leise Melodie klang durch die Scheune, ganz anders als der Wind, wenn er durch die Löcher im Dach und um die alten Holzbalken pfiff. Sie krampfte die Finger um das Zweiglein. Es knackte und klackte wie Holz, das auf Holz schlug. Aschenbrödel zuckte zusammen. Eine

Nuss war von dem Zweiglein abgebrochen und zu Boden gefallen.

Die Melodie verklang und ließ einzig Stille zurück, als hätte es nie etwas anderes gegeben. Aschenbrödel bückte sich nach der Nuss. Die braune Schale hatte einen Riss bekommen und aus dem Spalt ragte etwas Weißes, Weiches hervor. Wie ein Stück einer Feder. Mit der Spitze von Daumen und Zeigefinger griff sie vorsichtig danach und zog.

Sogleich setzte die Melodie wieder ein und die Nuss sprang entzwei. Aschenbrödel traute ihren Augen nicht.

Sie hielt einen Jägerhut in den Händen. Und auf dem Boden vor ihr lag eine ganze Jagdausrüstung: ein Köcher voller Pfeile, eine Armbrust, ein Dolch, ein grünes Wams, Hosen und Stiefel. „Das soll alles mir gehören?", fragte Aschenbrödel Rosalie. Die Eule blieb stumm und blickte sie nur erwartungsvoll an.

Eine vollständige Jagdausrüstung! Aschenbrödel schlüpfte in die Kleidung, so schnell sie nur konnte, winkte Rosalie noch einmal zu und kletterte vom Dachboden hinab.

Dort unten stand Nikolaus mit einem neuen Sattel und neuem Zaumzeug. Aschenbrödel lachte. Wie herrlich konnte das Leben doch sein!

„Na, Nikolaus, wollen wir losreiten?"

Nikolaus schnaubte und nickte mit dem Kopf. Kasperle rannte herbei, winselte und wackelte mit den Ohren.

„Und du willst auch mitkommen, Kasperle, hm?"

Sofort stellte Kasperle sich auf die Hinterbeine und führte ein Tänzchen auf.

„Na, komm." Aschenbrödel schwang sich in den Sattel. Sie schnalzte mit der Zunge und lenkte Nikolaus Richtung Wald. Der Schimmel brauchte keine weitere Aufforderung. Mit weit ausholenden Schritten galoppierte er los, während Kasperle laut bellend neben ihnen herrannte. Aschenbrödel hielt das Gesicht in den Wind und überließ Nikolaus die Wahl des Weges.

König der Jagd

Lautes Hundegebell störte die Ruhe des Waldes und Nikolaus schnaubte und schüttelte den Kopf. Aschenbrödel strich ihm beruhigend über den Hals. Kasperle sprang aufgeregt um seine Hufe herum, dass sie fürchten musste, er würde den Schimmel zu Fall bringen.

„Brrr!" Aschenbrödel hieß Nikolaus anhalten und beugte sich zu Kasperle hinab. Der tanzte auf dem Weg vor ihr hin und her, wollte sie zur Eile antreiben. Inzwischen konnte sie über dem Gebell der fremden Hundemeute auch Pferdegetrappel hören und Stimmen. Es schien, als wäre da eine ganze Jagdgesellschaft unterwegs.

„Du musst ganz ruhig bleiben, Kasperle. Ruhig, hörst du?"

Er schaute sie verwundert an, doch er gehorchte. Aschenbrödel nickte ihm zu. „So ist es brav. Komm!" Sie lenkte Nikolaus vom Weg hinunter. Kasperle blieb an ihrer Seite und machte keinen Mucks. Im Schutz der Bäume näherten sie sich der Jagdgesellschaft.

„Der Erste für mich!", hörte sie die Stimme des Prinzen, noch bevor sie die Jäger sah.

Aschenbrödel befahl Nikolaus und Kasperle stehen zu bleiben. Da waren die Jäger! Der Prinz ritt an der Spitze der Gesellschaft und legte gerade die Armbrust an. Mit einer Hand zügelte er sein Pferd, mit der anderen hielt er die Armbrust ruhig auf einen Fuchs gerichtet. Ein schönes Tier mit dichtem Fell.

Aschenbrödel hielt den Atem an. Das Herz hämmerte ihr in der Brust, sein Klang so laut in ihren Ohren, dass sie meinte, auch die Jäger müssten es hören.

Der Prinz zielte. Schoss. Traf.

„Hurra!", rief er und lachte.

„Gleich beim ersten Schuss", sagten die Jäger hinter ihm bewundernd, während die Hundeführer nach vorn traten, um die Meute zurückzupfeifen.

Aschenbrödel atmete tief ein. Zwischen all diesen Stimmen würde niemand ihr verrückt schlagendes Herz hören.

Der Fuchs lag regungslos im Schnee. Der königliche Jagdmeister beugte sich zu dem erlegten Tier hinunter und hielt es an den Hinterläufen hoch. Unter dem Jubel der Jäger sprang der Prinz von seinem Pferd und lief zu der Beute.

Der Jagdmeister bot ihm auf seinem Hut ein grünes

Reisig dar, das der Prinz auf den Fuchs legte und ihn somit zu seinem Besitz erklärte. Aschenbrödels Vater hatte ihr dieses alte Ritual gezeigt und sie erinnerte sich noch gut an das feierliche Gefühl, als sie ihren ersten grünen Zweig auf einem erlegten Tier platziert hatte.

Der Jagdmeister nickte dem Prinzen zu. „Gratuliere, Hoheit. Wenn Hoheit jetzt noch einen Raubvogel treffen, dann wird Hoheit König der heutigen Jagd werden."

Aschenbrödels Herz schlug einen wirbelnden Takt. Einen Raubvogel vom Himmel zu holen, das war eine Herausforderung ganz nach ihrem Geschmack! Sie schwang sich geschwind von Nikolaus' Rücken und hieß Kasperle und ihn im Schutz der Bäume auf sie zu warten.

Der Jagdmeister räusperte sich und hielt einen mit glitzernden Edelsteinen besetzten Ring in die Luft. Einige der Jäger reckten die Köpfe, um besser sehen zu können. Nur der Prinz machte ein gleichgültiges Gesicht und schien ungeduldig darauf zu warten, dass die Jagd fortgesetzt würde.

Zuvor jedoch hob der Jagdmeister an: „Diesen wertvollen Ring aus der königlichen Schatzkammer widmet seine Majestät demjenigen Schützen, der als

Erster einen Raubvogel herunterschießt." Der Jagdmeister steckte den Ring wieder in seine Tasche. „Die
Jäger nach vorn!"

Der Prinz lief sofort los. Seine beiden Gefährten fol-
ten ihm auf dem Fuße. Der eine trug einen braunen,
der andere einen grünen Hut. Aschenbrödel schlich in
sicherem Abstand hinterher.

Durch die kahlen Äste der Bäume ließ sich zwar der
Himmel sehen, aber noch war der Wald zu dicht für
eine gute Sicht oder gar einen Schuss. Doch schließlich wurden die Abstände zwischen den Bäumen
größer, der Blick weiter und endlich traten die Jäger
hinaus auf eine Lichtung.

Aschenbrödel blieb im Schutz der Bäume am Rande
der Lichtung, über der sich der Himmel weit und blau
erstreckte. Der Tag war wie gemacht für die Vogel-
jagd, keine Schneeflocke fiel, keine Wolke bot den
Herrschern des Himmels Schutz. Sobald einer nur tief
genug flöge, wäre er verloren. Der Räuber würde zur
Beute.

Nur war weit und breit kein Vogel zu sehen. Schnee
knirschte unter den Stiefeln, die hechelnden Hunde
trotteten nun, da sie keine Beute mehr hetzen mussten, langsam hinter den Jägern einher.

Da!

Ein Habicht schrie und sogleich rief Braunhut: „Erster Schuss!" Kaum hatte er ausgesprochen, ertönte auch schon das Klacken der Armbrust.

Der Prinz blickte dem Pfeil hinterher, der höher und höher stieg.

Braunhuts Pfeil schoss durch die Luft und zog an dem Habicht vorbei. Der stieß einen Schrei aus, als wollte er die Jäger verspotten.

„Zweiter!", rief da Grünhut.

„Dritter!", schloss sich der Prinz schnell an, als Grünhut den Abzug drückte.

Auch Grünhuts Schuss verfehlte den Habicht.

Er ließ die Armbrust sinken. „Sie sind an der Reihe, Prinz."

Der Prinz kniff die Augen zusammen. Dann senkte auch er die Armbrust. „Er fliegt schon zu hoch."

Zu hoch? Das wollen wir doch mal sehen, dachte Aschenbrödel in ihrem Versteck. Ihr Herz, das beim Anblick des Prinzen wie verrückt gepocht hatte, wurde ganz ruhig, als sie den Blick auf den Habicht richtete.

Er flog tatsächlich sehr hoch, das musste sie zugeben. Aber ihr Vater hatte sie das Schießen gelehrt und ihm würde sie keine Schande machen. Aschenbrödel zielte und schoss.

Getroffen stürzte der Habicht vom Himmel.

Ein Stich fuhr ihr durchs Herz, als der Raubvogel wie ein Stein herabfiel. Den Preis der Jagd hatte ihr Vater das genannt, einen Preis, den jeder echte Jäger zahlen müsste. Denn nur wer die Tiere, die er jagte, bis in sein Herz hinein zu spüren vermochte, traf mit jedem Schuss und verdiente es, ein Jäger genannt zu werden.

Der Habicht landete im Schnee, nur wenige Schritte von des Prinzen Füßen entfernt.

„Was ist denn das?" Der Prinz lief zu dem toten Vogel.

Aschenbrödel duckte sich tief hinter eine Schneewehe, aber nur so weit, dass sie das Geschehen auf der Lichtung noch beobachten konnte.

Der Prinz bückte sich und hob den Habicht auf. Er musterte den Vogel und den Pfeil, der ihn vom Himmel geholt hatte. Mit einer entschlossenen Bewegung zog er den Pfeil aus dem Vogelkörper. „Wem gehört der Pfeil?" Er hielt ihn in die Höhe.

Niemand antwortete.

Aschenbrödel legte einen neuen Pfeil auf ihre Armbrust und schoss. Er flog von der Sehne. Sie kniff die Augen zusammen, während sie seine Flugbahn verfolgte. Mit einem scharfen Ton traf er sein Ziel, durchbohrte den Pfeil, den der Prinz in der Hand hielt, kurz unterhalb der Spitze. Die Wucht des Aufpralls war so groß, dass der Pfeil dem Prinzen aus der Hand gerissen wurde.

Der Prinz fuhr herum. Aschenbrödel unterdrückte ein Kichern, als sie seinen verblüfften Gesichtsausdruck sah. Einer der Jäger hob die ineinander verkeilten Pfeile auf und reichte sie dem Prinzen. Der betrachtete sie, als könnte er nicht fassen, was er da erblickte.

Aschenbrödel richtete sich hoch auf. Zeit festzustellen, ob der Prinz Augen hatte zu sehen. Sie trat aus dem Wald und schritt geradenwegs auf den Prinzen zu. Ihr Herz pochte hart und schnell gegen ihre Rippen. Noch wandte ihr der Prinz den Rücken zu.

„Hoheit", sagte einer seiner Jagdgefährten und stieß ihn an.

Der Prinz drehte sich um.

Sie hatte sich Worte zurechtgelegt, eine ganze Rede, aber nichts davon wollte ihr mehr einfallen. „Ich war's", sagte sie stattdessen. „Verzeih mir."

Der Prinz blickte sie mit gerunzelter Stirn an. „Wer bist du?"

„Ich hab gedacht, du willst nicht mehr schießen." Aschenbrödel wusste nicht, worauf sie hoffen sollte, darauf, dass er ihre Verkleidung durchschaute oder darauf, dass er sie für den Jägersmann hielt, den sie ihm vorspielte. Noch während sie mit diesen Gedanken rang, entriss der Prinz ihr die Armbrust.

Er drehte und wendete sie in seinen Händen, als suche er etwas daran. „Hm. Die ist doch ganz gewöhnlich." Er hielt die Armbrust seinen beiden Gefährten hin, die sich sofort darüberbeugten.

„Eure Hoheit, soll's denn nun weitergehen mit der Jagd?", fragte der Jagdmeister aus der prinzlichen Gefolgschaft.

„Nein, der beste Schütze hat bereits gezeigt, was er kann." Der Prinz gab Aschenbrödel die Armbrust zurück. „Den Ring", befahl er.

Der Jagdmeister neigte stumm den Kopf und nahm etwas aus seiner Tasche.

Der Prinz griff nach ihrer rechten Hand und machte Anstalten, ihr das Schmuckstück an den Finger zu stecken.

Mit einem Ruck zog Aschenbrödel ihre Hand weg. Trotz der Kälte war ihr heiß. Am liebsten hätte sie sich umgedreht und wäre davongelaufen, aber alle Blicke waren auf sie gerichtet. Der aus des Prinzen braunen Augen brannte sich ihr ins Herz.

„Er gehört dir aber", sagte der Prinz und hielt ihr den Ring hin.

Ganz offensichtlich hatte er keine Ahnung, wer sie

war. Während der Prinz ihr den Ring auf den Finger steckte, schimpfte sie sich stumm eine Närrin.

Der Prinz lächelte. „Oder zeigst du uns noch mehr von deiner Kunst?"

„Es tut mir leid, dass du böse bist." Was ihr eigentlich auf der Zunge gelegen hatte, war: Es tut mir leid, dass du mich nicht erkennst. Sie richtete den Blick zu Boden. Wirklich, sie musste sich in den Griff bekommen.

Grünhut stupste den Prinzen an und zeigte hoch hinauf in Richtung Bäume oder Himmel, das konnte sie aus den Augenwinkeln nicht genau erkennen.

„Ob du die Zapfen dort oben triffst?" Der Prinz wartete, bis sie aufblickte. Seine Augen blitzten sie herausfordernd an. „Dort oben auf der Fichte."

Der Baum war sicher über dreißig Meter hoch und stand ein gutes Stück entfernt.

„Jedes kleine Mädchen kann das." Aschenbrödel zog einen Pfeil aus ihrem Köcher und trat zwei Schritte vor. Der Prinz und seine Gefährten drängten sich dicht um sie zusammen. Sie standen so nah bei ihr, dass sie den Atem des Prinzen über ihre Wange streichen spürte. Aber davon durfte sie sich nicht ablenken lassen.

Aschenbrödel richtete die Armbrust auf die Fichte

aus und zielte. Der Pfeil schoss durch die Luft und bohrte sich geradenwegs in einen Zapfen am Wipfel des Baums. Für einen Moment schaukelte er noch am Ast, dann fiel er durch die dichten Zweige der Fichte hinab.

Braunhut rannte los und Grünhut war gleich hinter ihm. Wie gebannt starrte der Prinz ihnen hinterher. Leise trat Aschenbrödel ein paar Schritte zurück.

Der Prinz merkte nichts. Er verfolgte gespannt, wie Braunhut den getroffenen Zapfen vom Boden aufhob. Als könnte er es erst glauben, wenn er selbst den Zapfen in der Hand hielte, stürmte der Prinz über die Lichtung auf Braunhut zu.

Aschenbrödel aber drehte sich um und lief in die entgegengesetzte Richtung. Fort von der Lichtung, fort von den Jägern und dem Prinzen. Sie rannte, so schnell sie konnte, und kümmerte sich nicht um die erstaunten Ausrufe um sie her.

Nikolaus wieherte laut, als sie sich in den Sattel schwang. „Lauf, mein Nikolaus, lauf, bring mich fort!" Aschenbrödel drückte dem Schimmel die Fersen in die Flanken und Nikolaus sprang auf und davon.

„He!", rief der Prinz ihr hinterher.

Sie drehte sich nicht um, trieb Nikolaus in einen

noch schnelleren Galopp. Kasperle rannte ihnen voraus.

„Ein Pferd!", hörte sie den Prinzen rufen. Dann hatte der Wald sie verschluckt.

Unter der Kiefer

Dämmrig und still war es hier unter den Bäumen. Sosehr er auch lauschte, nicht den entferntesten Hufschlag konnte der Prinz vernehmen.

„He!" Der Prinz horchte dem Echo seines Rufes nach, aber es kam keine Antwort. Er trieb seinen Apfelschimmel weiter an. Was hatte diesen Teufelskerl von Jäger nur in die Flucht geschlagen? Wer so schießen konnte, sollte sich seiner Jagdgesellschaft anschließen und nicht vor ihr fliehen! Der Prinz duckte sich unter einem niedrig hängenden Zweig und spähte nach allen Richtungen umher.

„He!" Wieder kam keine Antwort. Dafür regnete eine Ladung Schnee auf ihn herab. Er schüttelte das kalte Zeug aus seinem Kragen und wischte es sich aus den Augen.

„He!"

Dieses Mal war es kein Echo.

Der Prinz legte den Kopf in den Nacken und blinzelte hinauf ins dichte Geäst. Weit oben reckte ein

Mädchen den Kopf zwischen den Kieferzweigen hervor. Irgendwoher kannte er dieses Gesicht.

„He! Ist hier vielleicht gerade ein junger Jäger vorbeigeritten?"

„Warum fragst du?"

„Also ist er vorbeigeritten?"

Sie grinste. „Aber woher und wohin du auch blickst: Im ganzen Wald gibt es nur einen Grünschnabel und ein Hühnchen ohne Federn."

Diese Göre bildete sich ganz schön was ein! Und genau das half seinem Gedächtnis auf die Sprünge. Hier im Wald hatte er sie schon einmal getroffen. Und auch damals hatte sie ihn mit Schnee beworfen.

„Komm herunter!"

„Komm du rauf!"

Wie eine Eidechse streckte sie den Kopf mal hier mal dort hinter dem Baumstamm hervor, ständig in Bewegung und schneller, als sein Blick ihr zu folgen vermochte.

Der Prinz schwang sich aus dem Sattel. „Ich sage dir, komm herunter."

„Und ich sage dir, komm herauf."

Der Prinz umkreiste den Baum. Sie musste auch die Geschicklichkeit einer Eidechse haben, wenn sie diesen Stamm hinaufgeklettert war. Er legte die Hände an die Kiefer und spähte nach oben. „Wir haben uns doch schon mal gesehen."

„Daran müsstest du mich aber erinnern."

Ihr Lachen war hell und süß.

„Hier im Wald, du kleine Eidechse. Aber dieses Mal entkommst du nicht." Entschlossen umfasste der Prinz den Kieferstamm. Was ein Mädchen schaffte, konnte er schon lange.

Gerade als er sich ans Klettern machen wollte, wurden Rufe hinter ihm laut. Rufe und Hufgetrappel.

„Wo steckt er denn?"

„Wo ist er?"

Witek und Kamil galoppierten heran und zügelten ihre Pferde neben ihm. Der Prinz zuckte nur mit den Schultern. „Das müssen wir sie fragen." Er wies nach oben in den Baum.

Aber im dichten Geäst der Kiefer war niemand mehr zu sehen.

Der Prinz spähte nach rechts und nach links, ja sogar den Himmel suchte er mit Blicken ab, so weit er von hier unter den Bäumen sichtbar war. Doch das Mädchen, diese flinke Eidechse, blieb verschwunden.

„Wo ist sie denn nun wieder?" So schnell wollte der Prinz nicht aufgeben, schließlich konnte sie sich nicht in Luft aufgelöst haben.

„Wer?", fragte Kamil und sah ihn an, als hätte er vollkommen den Verstand verloren.

„Das kleine Mädchen, das uns damals ausgerissen ist." Vielleicht hatte er ja wirklich den Verstand verloren. Trotzdem – er wollte zu gern wissen, wohin die kleine Eidechse verschwunden war. Und wie sie das angestellt hatte. Vielleicht konnte sie ja fliegen. Der Prinz schüttelte über sich selbst den Kopf, das war nun wirklich ein verrückter Gedanke.

Aschenbrödel (Libuše Šafránková) bei der Arbeit.

Die Stiefmutter (Carola Braunbock) und ihre Tochter Dora
(Daniela Hlaváčová) freuen sich über den königlichen Besuch.

Der Prinz (Pavel Trávníček) und seine Gefährten
(Vítězslav Jandák und Jaroslav Drbohlav) verfolgen Aschenbrödel im Wald.

Vinzek (Vladimír Menšík) fällt das Nest
mit dem Haselnusszweig vor die Nase.

Aschenbrödel als Jägersmann.

Ungläubig begutachtet der Prinz Aschenbrödels Pfeil.

Aschenbrödel entkommt im Wald.

Aschenbrödel öffnet die zweite Haselnuss.

Der Prinz hat sein Aschenbrödel gefunden.

Mais und Linsen

In der guten Stube konnte man kaum treten, so viele Menschen wuselten in ihr herum, und doch musste Aschenbrödel beständig von einer Seite des Raumes zur anderen flitzen. Sie wich den Stoffballen, den Schmuckschatullen und Kleiderständern aus. Fast hätte sie dabei Winzek umgerannt, der mit beiden Händen eine Schachtel festhielt und aussah, als wäre er tausendmal lieber draußen beim Holzhacken als hier in der Stube, wo sich Dora und die Stiefmutter für den königlichen Ball herausputzten.

Alle Mägde des Gutes beschäftigten sie mit ihren Ballvorbereitungen. Eine nähte die letzten Perlen auf den Kleidersaum der Stiefmutter, während eine andere ihr die Haare zurechtlegte. Die Stiefmutter betrachtete sich derweil in einem Handspiegel, drehte den Kopf von links nach rechts und hatte überhaupt nur Augen für sich selbst.

„Aschenbrödel, bring mal die Knöpfe her!", rief sie.

Wo war jetzt wieder die Schachtel mit den Knöpfen? Aschenbrödel blickte um sich und erspähte sie unter dem Tisch. Kaum hatte sie das Gewünschte zur Stiefmutter gebracht, beorderte Dora sie schon zur anderen Seite der Stube zurück.

„Aschenbrödel, wo hast du die Spitze?"

Natürlich hätte Dora auch eine der drei Mägde fragen können, die damit beschäftigt waren, ihr das Kleid zurechtzuzupfen, den Spiegel zu halten und letzte Hand an ihren Schleier zu legen. Aber Aschenbrödel hielt den Mund und rannte.

„Das Halsband, Aschenbrödel!", tönte es wieder von der gegenüberliegenden Seite. Die Stiefmutter stellte sich vor den großen Spiegel und strich über ihr Kleid.

Aschenbrödel fand das Schmuckstück. In ihrer Hast stieß sie beinahe den Stuhl um, auf dem die Schmuckschatulle stand. Gerade rechtzeitig bekam sie die Stuhllehne zu fassen. Vor dem Spiegel runzelte die Stiefmutter schon ungeduldig die Stirn. Aschenbrödel eilte zu ihr.

Die schwere goldene Halskette war mit großen roten Steinen besetzt – und die Stiefmutter riss sie ihr sogleich aus der Hand. Nicht einen Blick gönnte sie Aschenbrödel dabei. Stattdessen reichte sie die Kette einer der Mägde.

Aschenbrödel trat einen Schritt zurück und senkte den Kopf. Wenigstens schrie Dora nicht gleich wieder nach ihr. So wagte sie es, sich gegen einen der Stühle zu lehnen und die kurze Ruhe zu genießen. Ihre Füße und Knie schmerzten, die schwüle Luft im Raum drückte ihr gegen die Schläfen und sie hätte alles darum gegeben, jetzt mit Nikolaus durch den Wald zu galoppieren, die neue Armbrust über der Schulter – und vielleicht, vielleicht mit dem Glück, dem Prinzen noch einmal zu begegnen.

„Winzek!", rief die Stiefmutter.

„Ja?" Der Knecht stellte die Schachtel ab und eilte herbei.

„Leg Teppiche von der Tür bis zur Kutsche."

„Sehr wohl." Winzek verneigte sich und sah erleichtert aus, dass er dem Gewusel in der Stube entfliehen durfte. Am liebsten wäre Aschenbrödel ihm gefolgt. Auch wenn der Prinz sich heute sicherlich nicht im Wald herumtrieb – schließlich würde auch er sich auf den Ball vorbereiten müssen –, so wäre sie immer noch lieber dort als hier.

„Na, wie gefalle ich dir?", fragte Dora. Sie wiegte sich in ihrem neuen Kleid hin und her, dass die Schleppe flatterte und tanzte.

Zögerlich fuhr Aschenbrödel mit den Fingerspitzen

über die weiten Ärmel der weißen Bluse des reich be-
stickten Kleides. „Sehr schön“, sagte sie leise.

Die Stiefmutter hatte sie gehört. „Sehr schön?“ Wie
eine aufgescheuchte Henne kam sie herbei und zupfte
an Doras Kleid herum. „Wunderschön, Dorchen.“ Sie
tätschelte ihrer Tochter die Wange. „Meinen … meinen Hut!“, rief sie dann den Mägden zu und eilte
schon wieder fort, zurück zum großen Spiegel.

Dora lächelte zufrieden und rückte ihren Kopf-
schmuck zurecht. „Vielleicht möchtest du ja mit uns
mitkommen auf den Ball“, sagte sie. „Hast du nicht
Lust?“

Aschenbrödel schluckte. „Ich weiß ja, dass ich nicht
mitdarf zum Schloss.“ Sie strich über ihr eigenes
schmutziges Kleid. „Aber vielleicht darf ich ja wenigstens zum Fenster hereinschauen?“

Dora prustete los, lachte laut und schallend. Aschenbrödel hätte sich am liebsten die Zunge abgebissen.
Was für eine dumme Frage!

„Und wer wird dann hier aufräumen, hm?“ Natürlich ließ sich die Stiefmutter diese neue Gelegenheit,
sie zu rügen, nicht entgehen. „Und die Wäsche zum
Bügeln anfeuchten, was?“

„Bis zum Morgen wird alles fertig sein. Bestimmt.“
Sie wusste, dass alles Bitten keinen Sinn hatte, aber

Aschenbrödel konnte sich nicht zurückhalten. Wenn sie wenigstens noch einen Blick auf den Prinzen werfen dürfte …

„Na, wenn du nicht genug Arbeit hast, bekommst du halt noch welche obendrauf." Die Stiefmutter schritt zum Kachelofen hinüber und griff nach den zwei Schüsseln, die auf dem breiten Ofensims standen. „So." Sie kippte die erste Schüssel aus. Hunderte trockener Linsen ergossen sich auf den Fußboden. „So." Auch der Inhalt der zweiten Schüssel landete auf dem Boden. Die getrockneten Maiskörner prasselten laut klackernd unter die Linsen.

„Aber ich …"

Der Blick der Stiefmutter ließ Aschenbrödel verstummen. Sie ballte die Hände zu Fäusten und schwieg.

„Bis wir zurückkommen, will ich hier kein einziges Körnchen mehr sehen." Die Stiefmutter zeigte auf den Boden. „Den Mais hierhin, die Linsen dahin." Mit einem Ruck wandte sie den Kopf ab und stolzierte zur Tür. Der weiße Schleier an ihrem weit ausladenden Hut wehte hinter ihr her.

Aschenbrödel kniff sich durch den Stoff ihres Kleides fest in den Oberschenkel. So fest, dass sie beinahe aufgeschrien hätte. Das hatte sie aber auch verdient – wie konnte sie die Stiefmutter so reizen? Sie musste aufhören, ständig an den Prinzen zu denken, das setzte ihr nur Flausen in den Kopf und ließ sie unvorsichtig werden. Sie kniete sich auf den Boden.

Schritte klapperten über die Dielen, doch Aschenbrödel blickte nicht auf. Auch nicht, als Dora mitten in die Linsen und Maiskörner trat.

„Und ich werde dir morgen erzählen, wie oft ich mit dem Prinzen getanzt habe." Dora fuhr mit einem Fuß durch die Körner und lachte. Dann drehte sie Aschenbrödel den Rücken zu und ihre lange Schleppe wirbelte um sie herum. „Halt mir die Schleppe!"

Aschenbrödel fing eine Ecke des leichten Stoffes, blieb aber auf den Knien. Dora stürmte los, ohne sich umzublicken, und schrie erschreckt auf, als es einen heftigen Ruck gab.

„Ich würde sie dir nur beschmutzen." Aschenbrödel ließ die Schleppe los. „Halt sie dir selber."

Es blieb ein kurzer Triumph, Dora hinterherzusehen, wie sie unbeholfen die Stube verließ.

Zusammen mit allem Gesinde des Gutes musste Aschenbrödel antreten, um die Herrin und ihre Tochter auf dem Weg zum Ball zu verabschieden. Sie presste sich an das Geländer der Treppe. Sie fror in ihrem dünnen Kleid, während Dora und die Stiefmutter in warme Pelze gehüllt an den Schlitten herantraten. Er war mit warmen Fellen gepolstert, sodass es die Herrschaften auf ihrer Fahrt nicht kalt haben würden. Auf ihrer Fahrt zum Schloss. Zum Ball. Zum Tanz mit dem Prinzen.

„Sei nicht traurig", sagte Pavel neben ihr. „Wir können ja zusammen auf dem Hof tanzen, heute Abend."

Statt einer Antwort zog ihm Aschenbrödel die große weiße Kochmütze vom Kopf vors Gesicht.

„Verschwinde", sagte Winzek, „und mach uns lieber was zu essen!"

Pavel verneigte sich tief. „Ganz wie belieben, Hoheit." Und schon rannte er davon.

Sehnsuchtsvoll sah Aschenbrödel zum Tor hinüber, das von zwei Knechten weit aufgezogen wurde. Fackeln warfen rote und gelbe Lichter auf den Schnee und Schatten tanzten unruhig auf der hohen Mauer. Der Schlitten glitt durch das Tor. Knarrend fiel es hinter ihm wieder ins Schloss.

Winzek legte ihr eine Hand auf die Schulter. „Du bist traurig", sagte er.

Aschenbrödel raffte ihr Kleid und rannte die Treppe hinauf. Aber trotzdem entkam sie Winzeks Worten nicht.

„Leider kann ich dir nicht helfen."

Niemand konnte ihr helfen, so war es nun einmal.

Aschenbrödel kniete sich in der Stube vor die verschütteten Körner. Eine Welle der Bitterkeit überkam sie. „Ach herrje! Das schaffe ich nicht mal in einer Woche." Mutlos machte sie sich an die Arbeit. Den Mais in die eine Schüssel, die Linsen in die andere.

Klack, klack, klack, fielen die trockenen Körner in die Schüsseln, doch der Haufen auf dem Boden schien nicht kleiner zu werden.

Klack, klack, klack, machte es, obwohl sie gar keine Körner aufgehoben und in die Schüsseln geworfen hatte.

Klack, klack, klack. Das kam vom Fenster. Aschenbrödel stand auf. Wie ein weißer Wirbelwind flatterten die Tauben vor dem Fenster umher und schlugen ihre Schnäbel gegen das Glas. *Klack, klack, klack. Lass uns herein, herein, herein!*

Nur zu gern kam Aschenbrödel dieser Aufforderung nach. Sie öffnete die Fensterläden weit und schon flatterten die Vögel herein. Gurrend setzten sie sich auf ihre Schultern und auf den Boden, mitten hinein in die Körnermenge.

„Meine lieben Täubchen." Aschenbrödel stand ganz still, während die Tauben sie umflatterten und ihr mit den glatten Schwingen über die Wangen strichen. „Seid ihr wieder gekommen, um mir zu helfen?"

Wie zur Bestätigung setzte sich eine der Tauben auf ihre ausgestreckte Hand, legte den Kopf schief und gurrte. Aschenbrödel streichelte sanft über das weiche Federkleid.

„Den Mais in die eine Schüssel, die Linsen in die andere. Hopp!" Sie gab die Taube wieder frei, die sogleich zu ihren Schwestern hinüberflatterte. „Ohne euch wäre ich nie rechtzeitig damit fertig geworden." Aschenbrödel fühlte sich so leicht, als hätte sie selbst Flügel und schwebte durch den Raum zur Tür. „Habt vielen Dank!", wisperte sie den Tauben zu.

Die zweite Haselnuss

Die Eule Rosalie blickte sie aus ihren großen, dunklen Augen an, als hätte sie ihr etwas Wichtiges zu sagen. Aschenbrödel zog das Schatzkästchen zu sich heran und umschloss es mit beiden Händen. Kalt war es in der alten Scheune, doch auf dem Gutshof hatte sie nichts halten können. Sie war über den verlassenen Hof gerannt, hatte sich durch die kleine Pforte gestohlen und war hierhergelaufen, um bei ihren Schätzen zu sein, ihren Erinnerungen. Unter den wachsamen Blicken von Rosalie öffnete sie das Kästchen.

„Vater hat immer gesagt, dass ich auf Nikolaus zum ersten Ball reiten werde wie ein Husar." Sie nahm die weiße Brosche ihrer Mutter aus dem Kästchen. Kühl fühlte sie sich unter ihren Fingerspitzen an. Doch während sie die Brosche drehte und wendete, wurde sie langsam wärmer.

„Und Mutter hat versprochen, mir ein wunderschönes Tanzkleid zu nähen", verriet sie der Eule. „Mit einem Schleier. Dazu einen Mantel und rosa

Tanzschuhe." Aschenbrödel seufzte. „Und geblieben ist mir nur der Nikolaus." Sie legte die Brosche zurück in das Kästchen und blickte zu Rosalie. Die Eule schaute sie ernst an. Aschenbrödel strich über den Rand des Kästchens.

„Aber nein, ich hab ja noch viel mehr Schätze bei dir im Versteck. Vor allem drei Zaubernüsse." Sie griff nach dem Zweiglein, das Winzek ihr geschenkt hatte. „Eigentlich nur noch zwei."

Und wenn nun nur die erste Nuss verzaubert gewesen war und die anderen beiden ganz gewöhnliche Haselnüsse wären?

„Huh-huh!", machte Rosalie.

Aschenbrödel blickte auf. „Du meinst also auch …?" Sie fasste Mut und brach die nächste Haselnuss von dem Zweiglein ab. Aschenbrödel holte tief Luft und warf die Nuss über ihre Schulter. Schnell schloss sie die Augen.

Wie beim ersten Mal ertönte die feine Melodie, kaum dass die Nuss mit einem lauten Klappern auf dem Boden gelandet war.

Aschenbrödel kniff die Augen fester zusammen und presste beide Fäuste an ihren Mund. Die Melodie klang noch immer durch die Scheune, schwebte durch die kühle Luft, kitzelte sie im Nacken. Mit einem

Ruck drehte Aschenbrödel sich um und öffnete die Augen.

Vor ihr auf dem Boden lag das schönste Kleid, das sie je gesehen hatte. Sie hob es auf und presste es an sich. Genau so ein Ballkleid hatte ihre Mutter ihr versprochen: zart rosenfarben, mit silbernen Fäden verziert und mit kleinen Perlen besetzt. Sogar eine silberne Halskette gehörte dazu und ein Diadem. Auch einen warmen, weichen Mantel hatte ihr die Zaubernuss beschert.

Aschenbrödel tanzte durch die Scheune und hielt das Kleid mit beiden Armen umfangen. Der zarte Schleier umwehte sie, sodass sie sich einbilden konnte, ein galanter Tanzpartner gleite an ihrer Seite über den Boden und hielte sie mit sicherem Griff. Schon vernahm sie die Musik und das Rascheln von Hunderten von Kleidern, das leise Lachen von Paaren, die sich durch den weiten Tanzsaal drehten.

Und sie – sie tanzte mit dem Prinzen. Er blickte sie mit seinen braunen Augen an, in denen dieses Mal kein Spott funkelte. Er blickte sie an und erkannte sie, erkannte in ihr den jungen Jäger und das wilde Mädchen aus dem Wald. Aber er sah auch die Prinzessin in ihr, die mit ihm tanzte. Und er lächelte sie an.

Ein lautes Wiehern ließ Aschenbrödel aufschrecken.

Nikolaus schnaubte und warf ihr durch die geöffnete Falltür einen auffordernden Blick zu.

„Nikolaus, wie kommst du denn hierher? Und wer hat dich gesattelt?"

Wieder schnaubte Nikolaus. Sein Sattel und das Zaumzeug waren reich verziert und von der Farbe von zartrosa Rosen, als hätte sie jemand auf ihr Ballkleid abgestimmt. Das hieß dann wohl … Aschenbrödel presste das Kleid fest an sich und zögerte. Rosalie legte den Kopf schräg und blickte zur Falltür hinüber, als wollte sie Aschenbrödel auffordern, nun endlich zu gehen.

In Aschenbrödels Kopf drehte sich alles. Ob von ihrem Tanz oder ihrer Träumerei, das vermochte sie nicht zu sagen.

Der Tanz ist eröffnet

Schon jetzt war die Luft im Ballsaal stickig, dabei hatte der Tanz noch nicht einmal begonnen. Und wenn es nach dem Prinzen ginge, müsste er auch gar nicht erst anfangen. Doch er hatte heute Abend nichts zu bestimmen.

Tock-tock schlug der Stock des Präzeptors, der den Tanzmeister gab, auf den Boden, und die nächste Mutter mit Tochter betrat den Ballsaal.

„Ihre Hoheit, Fürstin von der Weyhe mit Tochter Elsa.“

Die beiden knicksten vor dem Podest. Schon schlug der Präzeptor seinen Stock wieder auf den Boden und kündigte die nächsten Gäste an.

Der Prinz trat von einem Fuß auf den anderen. Seine Eltern konnten wenigstens sitzen, er musste die endlosen Reihen vornehmer Knickserinnen stehend ertragen. Immerhin teilte er sein Schicksal mit dem Narren, dem Zeremonienmeister und einigen anderen höhergestellten Bediensteten, die um den Thron herum standen und lächelten. So, wie er es wohl besser auch tun sollte.

„Gräfin Stauch mit Tochter Imme."

Tock-tock.

„Frau Baronin von Eck mit drei Töchtern."

Tock-tock.

„Seine Hoheit, Fürst Maunz mit Tochter Minka."

Während der Saal sich füllte, fragte sich der Prinz, wie um Himmels willen er sich all diese Namen merken sollte. Vom königlichen Podest herab blickte er auf ein Meer von glitzernden Roben und erwartungsvoll lächelnden Mündern. Und jedes dieser Lächeln galt der Aussicht auf den Thron und nicht ihm.

„Mach doch kein Gesicht, als ob du Sauerkraut kauen würdest", sagte der König. „Lächle ein bisschen!"

Tock-tock.

„Freifrau von Echternach mit ..."

Der Prinz beugte sich zu seinem Vater. „Ich möchte dich sehen, wie du lächelst, wenn man dich mit solchen Schnepfen verheiraten will. Vater, ich bitte dich, verschieben wir's aufs nächste Jahr!"

Tock-tock.

„Seine Hoheit, der Baron ..."

Die dröhnende Stimme des Präzeptors kannte

ebenso wenig Gnade wie sein Vater. Der würdigte den Prinzen keiner Antwort und lehnte sich zur Königin hinüber. „Hörst du ihn? Und der soll einmal mein Nachfolger werden."

Die Königin schüttelte sanft den Kopf, ohne auch nur einen Moment lang das Lächeln zu vergessen. „Zum Zanken hättet ihr kaum eine bessere Gelegenheit finden können."

„… und ihre Tochter Dora."

Schon wieder knicksten eine Mutter und ihre Tochter vor dem Podest. Der Prinz hatte die Ankündigung der Mutter verpasst, aber das weiße Ungetüm von Hut, das sie trug, hob sie von den anderen Gästen ab. Die Tochter lächelte, als gäbe es einen Wettbewerb zu gewinnen. Nun, in gewisser Weise war es ja auch so.

Das nächste *Tock-tock* vertrieb das Hutungetüm samt Tochter vom königlichen Podest und machte Platz für einen weiteren Auftritt.

„Ihre Hoheit, Fürstin …"

Der Prinz hörte nicht länger zu. Wie viel lieber würde er jetzt mit Kamil und Witek durch den Wald jagen! Aber auch die beiden standen herausgeputzt an einer Seite des Ballsaales und harrten der Dinge, die da kommen mochten. Dabei sahen sie ebenso unglücklich aus, wie er sich fühlte.

Der König seufzte. „Hab ich je so ein Theater gemacht wegen des Heiratens?"

„Nur hast du damals Mutter geheiratet." Der Prinz stützte sich an der Rückenlehne des Thrones ab. „Und mir lässt du lauter unbekannte Miezen vorführen."

Die Königin lachte leise.

Tock-tock.

„Freifrau von …"

Was gab es da zu lachen, er sprach doch nichts als die Wahrheit! Und keine dieser Möchtegernprinzessinnen war auch nur im Entferntesten so interessant wie das wilde Mädchen im Wald.

„… mit Tochter Kleinröschen."

Wie manche Leute ihre Töchter nannten! Kleinröschen. Fast hatte der Prinz Mitleid. Er blickte auf – und wünschte sofort, er hätte es nicht getan. Ein Albtraum in Rot knickste vor ihm und kicherte. Was so gar nicht zu der mächtigen Gestalt passte. Als hätte man eine Bärin in ein Ballkleid gesteckt. Lieber stünde er im Wald einem echten Bären gegenüber. Kleinröschen hielt sich das Ende ihrer Schleppe halb vor das Gesicht, eine Geste, die wohl vornehme Zurückhaltung ausdrücken sollte, ihm aber nur aufdringlich erschien.

Das erneute *Tock-tock* erlöste den Prinzen von der roten Erscheinung.

„Frau von Sperling mit Tochter", verkündete der Präzeptor.

Es gab einfach kein Entkommen. Der Prinz zuckte mit den Schultern. „Mir ist schon alles egal. Zeigt mir eine, und ich hol sie zum Tanz."

Der König nickte und gab dem Präzeptor ein Zeichen mit der Hand.

Der verneigte sich tief. „Seine Königliche Majestät lädt die edlen Herrlichen ein, den Tanz zu eröffnen." Er schlug mit dem Stock auf den Boden. „Musik!", befahl er der Kapelle.

Die Musiker hoch oben auf der Empore griffen nach ihren Instrumenten und begannen zu spielen.

„Mach schon", sagte der König, als der Prinz zögerte. „Das ist sehr unhöflich."

„Was sagst du zu der hübschen Blonden mit der silbernen Schleppe?", fragte seine Mutter.

„Nimm lieber die Schwarzhaarige mit der grünen Schleppe", sagte sein Vater.

Grün, Blau, Silber, Gold, Weiß, Rot, blond, brünett.

Der Prinz seufzte. „Was soll ich da groß wählen? Ich mach einfach die Augen zu." Bevor sein Vater oder seine Mutter protestieren konnten, stieg er vom Podest und ging hinüber zu der langen Reihe der heiratshungrigen Kandidatinnen.

Der Prinz schloss die Augen und schritt vorwärts. Hier und da wurde gekichert, Stoff raschelte, Absätze klapperten auf dem Parkett und über allem tönte die Musik, forderte einen Tanz, forderte eine Entscheidung.

Schnell machte er zwei Schritte, öffnete die Augen und verneigte sich einfach vor dem nächsten Mädchen. Es war die Tochter von dem weißen Hutungetüm. Nun, er musste ja nicht mit der Mutter tanzen, und die Tochter sah immerhin nicht vollkommen abschreckend aus.

Schon streckte der Prinz die Hand nach ihr aus, da wurde sie von einem mächtigen roten Arm zur Seite geschubst, und die rote Bärin schob sich vor ihn. Bevor er noch wusste, wie ihm geschah, hatte sie ihn auch bereits gepackt.

Der Prinz schnappte nach Luft. Der Stock des Präzeptors schlug auf den Boden. *Tock-tock*. Die Musiker spielten zum Tanz auf.

Die Arme der Bärin hielten ihn gnadenlos fest. Dem Prinzen blieb nichts anderes übrig, als gute Miene zum bösen Spiel zu machen und zu tanzen. Auch wenn es ihm vorkam, als wäre er in die Fänge eines Wirbelwindes geraten, dem er machtlos ausgeliefert war.

Rund und herum ging es. Er wusste bald nicht mehr, wo rechts und wo links war. Wenn er sich recht an seine Tanzstunden erinnerte, hätte er es sein sollen, der seine Tanzpartnerin führte, doch die rote Bärin machte mit ihm, was sie wollte.

Der Prinz stolperte und verlor gleich darauf den Boden unter den Füßen. Die rote Bärin presste ihn an ihren Busen, drückte ihn, dass ihm die Luft wegblieb, und wirbelte weiter durch den Saal.

Nur sein Vater schien sich prächtig zu amüsieren. „Wie ich sehe", hörte ihn der Prinz sagen, als der rote Wirbelsturm ihn am königlichen Podest vorbeitrug, „habe ich bisher den Geschmack des Prinzen überhaupt nicht gekannt."

Der Prinz biss die Zähne zusammen und lächelte. Irgendwann würde dieser Tanz vorübergehen und auch der nächste und schließlich der ganze elende Ball.

Wie ein Husar zum Ball

Aschenbrödel galoppierte mit Nikolaus durch die Nacht. Der Mond schien hell und brachte den Schnee zum Leuchten. Die kühle Luft strich scharf an ihren Wangen vorbei und ließ sie glühen. Ihr langer Mantel flatterte hinter ihr im Wind – es ging zum Schloss! Ganz wie ihr Vater gesagt hatte: Sie ritt wie ein Husar zu ihrem ersten Ball.

Kaum hatte sie die Treppe erreicht, die zum Schloss hinaufführte, sprang sie aus dem Sattel. Sie warf Nikolaus' Zaumzeug über das steinerne Treppengeländer und strich dem Schimmel über den Hals. Jetzt, da das Schloss so mächtig über ihr aufragte, kamen ihr doch heftige Zweifel. Schließlich war sie gar nicht eingeladen.

Was, wenn sie drinnen Dora begegnete, und die sie erkannte – oder schlimmer noch, wenn die Stiefmutter sie enttarnte! Aschenbrödel wagte gar nicht, sich auszumalen, welche Strafen ihr drohen würden.

Und was würde der Prinz sagen, wenn er herausfände, dass sie nur eine einfache Magd vom Gutshof war? Aschenbrödel straffte die Schultern. Es gab nur einen Weg, das herauszufinden.

Die Treppenstufen waren zahlreich und mit jeder einzelnen schwand ihr Mut ein wenig mehr. Sicher, sie trug ein Diadem und ein Kleid durchwirkt mit Silberfäden, ja, ihre Schuhe waren rosenfarben ebenso wie ihr Mantel, ja, es war keine Spur von Asche mehr an ihren Wangen oder Händen oder in ihrem Haar – und doch steckte unter all diesem Putz immer noch das Aschenbrödel.

Sie drehte sich zu Nikolaus um. Wenn sie sich jetzt wieder in den Sattel schwang und wie der Wind zurück zum Gutshof ritt, würde niemand ihren Ausflug bemerken. Ihre Freundinnen, die Tauben, hätten längst den Mais und die Linsen voneinander getrennt, und ihr bliebe noch genug Zeit, die anderen Arbeiten vor dem Morgengrauen zu erledigen.

Noch war die Stube nicht aufgeräumt, Stoffballen, Kleider, Perlen, Knöpfe, Nähzeug, Schmuckschatullen, alles lag kreuz und quer darin verteilt, so wie die Stiefmutter und Dora es hinterlassen hatten. Nicht einmal die Bügelwäsche hatte Aschenbrödel angefeuchtet, so ungeduldig war sie gewesen, zur Scheune und zu ihren Schätzen zu kommen.

Nikolaus schnaubte und scharrte mit den Hufen im Schnee. Aschenbrödel sah wieder hinauf zum Schloss. Warmes gelbes Licht fiel durch die Fenster des Ballsaales. Nur wenn sie dort hineinginge, würde sie den Prinzen wiedersehen. Aschenbrödel raffte ihren Rock und erklomm die letzten Stufen.

Auf dem Vorplatz des Schlosses hatte jemand den Schnee gekehrt. Nur ein Hauch von Weiß lag auf den großen Steinplatten. Es war ein langer Weg bis zum Eingang, und vor diesem standen zwei Wächter. Stur blickten sie geradeaus, als bemerkten sie Aschenbrödel gar nicht.

Aschenbrödel schluckte und wagte den ersten Schritt. Solange es ihr nur gelang, sich wie eine der fürstlichen Töchter zu benehmen, würden die Wächter sie auch dafür halten. Sie setzte einen Schritt vor den anderen, doch der Weg wollte und wollte kein Ende nehmen.

Aschenbrödel senkte den Kopf. Was hatte sie sich bei alldem nur gedacht? Die Zaubernüsse konnten ihr ein schönes Kleid schenken doch keinen Einlass ins Schloss.

Aber wenigstens einen Blick auf den Prinzen wollte sie erhaschen, wenn sie schon einmal bis hierher gekommen war. Und wenn die Wächter ihr das gestatteten, sie nicht aufhielten, dann, nun, dann würde sie

möglicherweise den Mut finden, es mit der Eingangstür zu versuchen.

Ihr Herz schlug so heftig wie die Flügel eines jungen
Vogels vor dem ersten Flug. Kein Laut kam von den
Wächtern, als sie sich einem der Fenster näherte. Und
sie schwiegen auch, als sie die Hand ausstreckte und
ein Loch in das Eis rieb, das die Glasscheiben über-
zog.

Aschenbrödel beugte sich nah an das Guckloch im
Eis.

Ein wilder Wirbel aus Farben war alles, was sie zunächst sah. Röcke bauschten sich, Tänzerinnen drehten sich und ihre Gesichter leuchteten, während ihre
Tanzpartner sie über das Parkett führten. Ganz
schwach konnte Aschenbrödel sogar die Musik hören. Schon zuckten ihre Füße im Takt, erinnerten sich
ganz von selbst an die Tanzschritte.

Sie lächelte. Wenn sie jetzt noch einen Blick auf den
Prinzen erhaschte, würde sie das als ein Zeichen nehmen und sich zur Eingangstür wagen.

Komm schon, komm schon, zeig dich!, dachte
Aschenbrödel und drückte ihr Gesicht gegen die Fensterscheibe. Nicht einmal die Kälte machte ihr etwas
aus. Irgendwo in diesem Wirbel der Tanzenden musste
er sein. Da!

Wie ernst er dreinblickte. Gar nicht so, als würde ihm das Tanzen Vergnügen bereiten. Er stolperte mehr schlecht als recht über den Boden und vor seiner riesigen Tanzpartnerin schien er sich sogar zu fürchten. Im Wald war er ein ganz anderer gewesen und hatte keinerlei Unsicherheit gezeigt beim Umgang mit Armbrust und Pferd.

Und von ihr hatte er sich auch nicht einschüchtern lassen. Aschenbrödel lächelte. Sie würde hineingehen und ihn retten.

Schon wollte sie sich von ihrem Guckloch abwenden, da drehte sich der Prinz. Eine andere Tänzerin entführte ihn der Riesin. Als sie diese andere Tänzerin erkannte, gefror Aschenbrödel das Herz: Es war Dora. Und der Prinz lächelte ihr zu.

Aschenbrödel wandte sich vom Fenster ab.

Ein Reigen edler Töchter

Nie in seinem Leben hatte er sich so sehr gewünscht, kein Prinz zu sein.

Die rote Bärin drückte ihn erneut an ihre gewaltige Brust. So heftig, dass es ihm den Atem abschnürte. Sie gab ihn erst wieder frei, als der Tanz eine Drehung von ihnen in jeweils entgegengesetzter Richtung verlangte.

Der Prinz holte tief Luft – eine Hand griff nach seiner, eine kleine, plumpe Hand, keine Bärenhand. Erleichterung durchströmte den Prinzen, und er lächelte. Dieses Mal würde er an der neuen Hand festhalten.

Er verneigte sich vor der Tänzerin. Klein war sie, ging ihm kaum bis zum Kinn, und auch ein wenig plump so wie ihre Hand. Ihr Lächeln war ein wenig zu bemüht, ihr Griff etwas zu fest, als wollte sie ihn nie wieder loslassen. Aber für den Moment war ihm das nur recht, solange es die rote Bärin von ihm fernhielt. Der Prinz machte einen Schritt nach vorn und fühlte einen Fuß unter seinem. Er zuckte entschuldigend mit den Schultern, vermutlich hätte er einen Schritt rückwärts setzen müssen.

Seiner Tanzpartnerin verrutschte jedoch nicht einmal das Lächeln. Sie hielt seine Hand unnachgiebig fest und lächelte und lächelte und lächelte. Nur ein einziges Mal blickte sie von ihm weg und lächelte einer der umstehenden Frauen zu, der dicken mit dem weißen Hutungetüm.

Der Prinz seufzte innerlich, aber ihm schien, als sei es angebracht, beim Tanzen auch zu plaudern. „Kommen Sie von weit her?", fragte er.

„Jedenfalls ist die Entfernung nicht größer gewesen, als mein sehnsüchtiger Wunsch, mit Ihnen zu tanzen."

Wieder schenkte sie ihm ein Lächeln, das noch süßlicher war als ihr Parfüm.

„Obwohl ich Ihnen dauernd auf die Schuhspitzen trete?"

„Für mich ist das eine Ehre, Königliche Hoheit."

Dem Prinzen drehte sich der Magen um. Das freche Mädchen aus dem Wald hätte ihm bestimmt ganz anders geantwortet. Bei dem Gedanken musste der Prinz lächeln.

„Ich würde mit Eurer Königlichen Hoheit bis ans Ende der Welt tanzen", sagte die Tänzerin und setzte seiner schönen Träumerei damit ein jähes Ende.

„Sie haben ja eine Courage", sagte er.

„Davon kann ich Ihnen leihen, so viel Sie nur wünschen."

Genug war genug. Die merkte ja nicht einmal, wenn sie verspottet wurde. „Ich danke vielmals, ich mache keine Schulden." Der Prinz entriss der Tänzerin seine Hand. Mochte sein Vater davon halten, was er wollte, er hatte genug vom Tanzen und von hochwohlgeborenen, heiratswütigen Töchtern. Hinter sich hörte er die rote Bärin lachen. Ohne sich noch einmal umzuschauen, stürmte der Prinz Richtung Ausgang.

Doch er war keine fünf Schritte weit gekommen, da stand der Präzeptor ihm im Weg. Mit einem unnachgiebigen Lächeln und einem energischen Winken seines Stocks schob er eine blonde Tänzerin in die Arme des Prinzen. Und danach eine brünette. Und dann eine in einem gelben Kleid, gefolgt von einer in einem blauen, einem grünen, und immer eine neue, bis ihm die Füße schmerzten und auch die Ohren von all dem Geplapper und Gekicher und der nicht enden wollenden Musik.

Immer wieder sah er zum König hinüber, doch der machte keine Anstalten, den Tanz zu beenden. Selbst als die Königin sich zu ihm lehnte und sagte: „Hab doch endlich Erbarmen mit ihm", antwortete der König: „Nur kein Mitleid. So wird wenigstens leichter mit ihm auszukommen sein."

Also trat der Prinz weiter auf Schuhspitzen und wurde von einer Dame zur nächsten gereicht und fühlte sich wie der Narr, der neben dem König auf dem Podest stand. Nur dass er keinen spitzen Hut mit Glöckchen auf dem Kopf hatte.

Mut fassen

Aschenbrödel rannte vom Fenster zur Schlosstreppe und die Stufen hinunter zu Nikolaus. Erst bei ihm hielt sie inne und strich dem Schimmel über die Nüstern. Kurz lehnte sie die Stirn gegen seinen warmen Hals.

„Was meinst du, Nikolaus, ob ich doch zurückgehen soll?"

Der Prinz hatte Dora angelächelt. Ausgerechnet Dora! Bei jeder anderen hätte sie keinen Moment gezögert, wäre in den Ballsaal gestürmt ... Aschenbrödel seufzte.

Nikolaus stupste sie an. Der hatte leicht reden! Stand hier draußen herum und wollte gute Ratschläge geben, denen er selbst nicht folgen musste. Er musste nicht in den Ballsaal gehen und Dora und der Stiefmutter gegenübertreten. Und dem Prinzen.

Dem Prinzen. Aschenbrödel strich über die steinernen Treppenpfosten. Wie gut er ausgesehen hatte in Silber und Weiß. Weder seine schlanke Gestalt noch seine dunklen Haare und schon gar nicht seine braunen Augen wollten ihr aus dem Kopf gehen. Aschenbrödel seufzte und blickte die Reihe der Treppenpfosten entlang. Mit einer Fingerspitze tippte sie den an, der ihr am nächsten war.

„Mach ich's", sagte sie und tippte auf den nächsten, „oder mach ich's nicht?" Und so fuhr sie die Reihe fort bis zur untersten Treppenstufe. „Mach ich's, mach ich's nicht, mach ich's, mach ich's nicht, mach ... Gut, ich mach's."

Die Zaubernuss hatte ihr ein Ballkleid geschenkt, also sollte sie auch auf den Ball gehen. Aschenbrödel rannte die Treppe hinauf.

Nach der Hälfte kamen jedoch die Zweifel zurück. Wenn der Prinz nun gar nicht mit ihr tanzen wollte? Sie blickte zurück zum dunklen Wald, dem Weg, den sie gekommen war. Der Schnee glitzerte im Mondschein. Nikolaus schnaubte, wieherte und schüttelte die Mähne.

„Sei nicht böse", sagte Aschenbrödel. „Ich geh ja schon." Und das tat sie auch.

Die Wächter am Eingangstor traten widerspruchslos beiseite und ließen sie passieren. Drinnen eilte sofort ein Diener herbei und nahm ihr den Mantel ab. Ein langer Gang führte zu einer großen silbergeschmiedeten Flügeltür. Von dort kam die Musik, dort musste der Ballsaal sein. Zu beiden Seiten des Gangs standen Wächter in Rüstung und Helm Spalier.

Nur nicht hinschauen, sagte sich Aschenbrödel, du bist eine adlige Dame und solcherlei Dinge gewöhnt!

Hinter ihr klirrte und scheppterte es, doch Aschenbrödel drehte sich nicht um. Nur noch wenige Schritte trennten sie vom Ballsaal. Die Musik war jetzt ganz nah, die Klänge von Laute und Flöte und Trommel drangen ihr entgegen. Dann stand sie vor der Tür aus Silber.

Die Wachen rechts und links von ihr ließen ihr nicht einmal Zeit zum Luftholen. Weit schwangen sie die Tür auf, sodass sie hindurchschreiten konnte.

Tanzpaare wirbelten über das Parkett und am fernen Ende des Saales saßen der König und die Königin auf einem Podest. Beide waren sie in grün-goldene und silbergewirkte Gewänder gekleidet und betrachteten lächelnd das Geschehen.

Aschenbrödel wagte sich weiter in den Saal hinein. Die Tanzenden wichen ihr zu beiden Seiten aus, sie wisperten und murmelten.

Aschenbrödel hielt sich aufrecht und spähte nach dem Prinzen. Statt seiner entdeckte sie zunächst Dora und die Stiefmutter. Eilig zog sie einen kurzen Schleier aus einer verborgenen Tasche ihres Kleides und hielt ihn sich vors Gesicht. Um keinen Preis durften die beiden sie erkennen! Kaum hatte sie die Enden des Schleiers unter das Diadem gesteckt, da fiel ihr Blick auf den Prinzen. Gerade verneigte er sich vor seiner Tanzpartnerin und trat dann zum König und der Königin.

Aschenbrödel stand in Hörweite, aber die königlichen Herrschaften hatten sie nicht bemerkt.

„Du bist doch am Ende nicht außer Atem?", fragte der König den Prinzen. „Ich lasse dir etwas Flotteres spielen."

Der Prinz wischte sich mit einem Tuch über die Stirn. „Lass spielen, was du willst. Ich tanz nicht mehr."

Aschenbrödel zupfte an ihrem Schleier. Das durfte sie nicht zulassen. Sie war doch gerade erst gekommen, der Prinz musste einfach weitertanzen!

Schon verstummte die Musik. Das Wispern und Murmeln im Saal wurde lauter.

„Kehr zurück!", befahl der König und wies auf die Tanzfläche.

„Lieber werde ich Bäume fällen."

„Ich nehme dich beim Wort, du kannst sofort beginnen!"

„Bitte!" Der Prinz stürmte vom Podest und eilte Richtung Tür.

Aschenbrödel straffte die Schultern. Jetzt oder nie!

Sie trat dem Prinzen in den Weg und knickste. „Guten Abend, Hoheit."

Der Prinz blieb stehen und starrte sie an.

„Vielen Dank für die freundliche Begrüßung", sagte Aschenbrödel.

„Wieso denn? Ich hab Sie ja ... Verzeihen Sie, aber Sie haben mich so überrascht."

„Und ich dachte, Sie wollten mir entgegenkommen."

„Ganz im Gegenteil, ich wollte gerade gehen", sagte der Prinz.

„Dann ..." Sosehr sie sich auch den Kopf zerbrach, es wollte Aschenbrödel nichts einfallen, was ihn zum Bleiben bewegen könnte. Sie senkte den Kopf und drehte sich halb vom Prinzen weg. „Dann darf ich Sie wohl nicht aufhalten."

„Warum denn nicht?"

Der Prinz war so nah an sie herangetreten, dass Aschenbrödel seine Wärme auf der Haut spüren konnte. Sie atmete tief ein und wandte sich zu ihm um.

Der Prinz verneigte sich. „Darf ich bitten?" Er streckte ihr eine Hand hin.

„Wäre es nicht besser mit Musik?" Sie legte ihre Hand in seine.

Der Prinz sah sich um, als bemerkte er erst jetzt, wie still es war. „Warum spielt die Musik nicht, Präzeptor? Musik!"

Der Präzeptor hob den Stock und schon setzte die Musik wieder ein.

Die geheimnisvolle Tänzerin

Der Prinz hatte nicht gewusst, dass Tanzen so leicht sein konnte. Er schwebte geradezu über das Parkett. Hatte er sich zuvor wie ein Narr gefühlt, so war ihm nun, als hätte er Flügel. Und das lag einzig und allein an der unbekannten Tänzerin, die ihr Gesicht hinter einem Schleier verbarg.

Zuerst war es ein Duft gewesen, der ihn aufgehalten hatte. Ganz anders als all seine Tanzpartnerinnen dieses Abends duftete sie nach Wald. Als wäre sie geradenwegs durch die frische Nachtluft über einen mit Kiefern gesäumten Weg hierhergeritten. Aber das war natürlich ein unsinniger Gedanke, keine adelige Dame würde so etwas tun.

Als Nächstes hatte ihn ihre Stimme verzaubert. Ja, verzaubert. Wie sonst sollte er sich erklären, dass er sie zum Tanz gebeten hatte, gerade als er doch eigentlich fliehen wollte? Jetzt allerdings lag ihm nichts ferner. Er wollte die ganze Nacht hindurch tanzen. Die Anmut der unbekannten Schönen schien ansteckend zu sein. Der Prinz wusste mit einem Mal um alle Tanz-schritte, ja, er musste nicht einmal mehr über den Tanz nachdenken, er tanzte ihn einfach. Mit ihr.

„Wer sind Sie?" Er musste ihren Namen wissen.

„Wollen Sie tanzen oder mich ausfragen?" Sie drehte sich von ihm weg, ließ sich aber sogleich wieder ein-fangen.

So dicht bei ihr verschlug es dem Prinzen die Sprache. Und für den Moment war es auch genug, mit ihr über das Parkett zu schweben, ihre Hand in seiner zu spüren. Er führte sie durch die Tanzfiguren, die ihm kurz zuvor noch solche Rätsel aufgegeben hatten, und fragte sich, warum er jemals etwas anderes hatte tun wollen als tanzen. Es war so leicht und so wun-derbar. Solange nur sie an seiner Seite tanzte.

Der Prinz wirbelte mit ihr am Königspodest vorbei.

„Wer ist sie?", hörte er seinen Vater erstaunt die Königin fragen.

„Wir werden's erfahren", antwortete die. „Wie schnell unser Sohn die Bäume vergessen hat!"

„Sieh sie dir doch einmal an", sagte der König. „Diese Haltung! Sollte ich sie nicht hierher einladen?"

„Lass sie zuerst miteinander tanzen", erwiderte die Königin.

„Mit unserem Tölpel."

„Du wirst noch staunen."

Aber ich staune doch schon, dachte der Prinz. Über mich, über diese schöne Tänzerin, über das Wunder ihres Wesens.

Sie flogen an Kamil und Witek vorbei, die sich redlich mit ihren Tanzpartnerinnen abmühten.

„Weißt du, wer das ist?", fragte Kamil.

„Keine Ahnung", sagte Witek.

Schon waren sie wieder fort. Das Rätsel um seine schöne Tänzerin schien alle Gäste im Saal zu beschäftigen, mochten sie gerade selbst tanzen oder auch nur am Rande stehen. So wie die Tochter des weißen Hutungetüms. Sie riss die Augen weit auf, als der Prinz seine schöne Tänzerin an ihr vorbeiführte.

„Warum trägt sie denn einen Schleier vorm Gesicht?", fragte die Tochter.

„Vielleicht versteckt sie darunter eine große Nase", sagte ihre Mutter.

Die Tochter kicherte.

Der Prinz tanzte mit seiner unbekannten Schönen ans andere Ende des Saales.

„Sagen Sie mir, wer sind Sie?", fragte er erneut.

„Könnt Ihr's nicht selbst erkennen?" Sie drehte sich von ihm fort und erlaubte ihm erst nach drei schwindelerregenden Drehungen sie wieder einzufangen.

Er zog sie dicht an sich. „Dann nehmen Sie den Schleier ab."

Für den winzigsten aller Augenblicke hob sie ihren Schleier und ließ ihn wieder fallen. Der Prinz seufzte. Nichts hatte er erkannt, aber er würde schon noch herausbekommen, wer sie war.

Wieder führte der Tanz sie am königlichen Podest vorbei.

„Aber wer ist sie?" So drängend hatte der Prinz seinen Vater bislang noch nie gehört.

„Du bist ungeduldiger als dein Sohn", sagte die Königin.

Da allerdings irrt sie, dachte der Prinz. Niemanden konnte es mehr danach verlangen herauszufinden, wer die schöne Tänzerin in seinen Armen war, als ihn. Das Herz klopfte wie wild in seiner Brust und dieses Mal rührte es nicht von Erschöpfung her.

„Nun, wollen Sie mir nicht endlich verraten, wer Sie sind?" Er blickte in die Augen der schönen Tänzerin.

„Warum wollen Sie das wissen?"

„Weil ich …" Dem Prinzen stockte der Atem ebenso wie die Füße und das Herz. „Weil ich mir eben meine Braut ausgesucht habe und nicht weiß, wer sie ist."

„Leiser, Prinz, man hört uns."

Der Prinz umfasste die Hand der schönen Tänzerin fester. „Mögen uns alle hören! Ich will es in die Welt hinausschreien, dass sich mir der Kopf vor lauter Glück dreht, dass ich mich verliebt habe und dass ich Hochzeit halten will."

„Eines haben Sie dabei vergessen." Die schöne Tänzerin ließ ihm zwar ihre Hand, aber sie drehte und wendete sich, weigerte sich, im Tanzen innezuhalten.

„Was denn?" Was konnte er schon vergessen haben? Er hatte ihr gerade seine Liebe gestanden. Dem Prinzen drehte sich der Kopf noch mehr als zuvor. Und auch die schöne Tänzerin drehte sich immer weiter.

„Die Braut zu fragen, ob sie auch möchte."

„Sie würden mir einen Korb geben?" Dem Prinzen wurde ganz schwindelig.

„Das wäre wohl eine unerhörte Frechheit."

Wie konnte die schöne Tänzerin so ruhig bleiben, wo sich ihm die Kehle zuschnürte und die Knie zitterten. „Antworten Sie mir! Wollen Sie mich heiraten?"

„Erst gebe ich Ihnen ein Rätsel auf, das Sie erraten müssen." Die schöne Tänzerin blieb stehen und blickte ihm geradenwegs in die Augen. „Die Wangen sind mit Asche beschmutzt, aber der Schornsteinfeger ist es nicht. Ein Hütchen mit Federn, die Armbrust über der

Schulter, aber ein Jäger ist es nicht. Zum Dritten: Ein silbergewirktes Kleid mit Schleppe zum Ball, aber eine Prinzessin ist es nicht, mein holder Herr."

Der Prinz konnte nur mit den Schultern zucken. Da hing sein ganzes Glück an ein paar Worten und er hatte nichts als Wolken im Kopf.

„Nun?" Die schöne Tänzerin legte eine Hand auf den Arm des Prinzen.

Das verwirrte seine Gedanken nur noch mehr. Ein Jäger und ein Schornsteinfeger und eine Prinzessin? Der Prinz schüttelte verzweifelt den Kopf.

„Schade." Die schöne Tänzerin nahm die Hand von seinem Arm. Ihre Stimme klang traurig. „Solange Sie die Antwort auf mein Rätsel nicht wissen ... leben Sie wohl." Schon ging sie mit eiligen Schritten auf die Tür zu.

Haltet sie auf!, wollte der Prinz schreien, aber seine Kehle war zu eng für Worte. Wie erstarrt stand er da und blickte der entschwindenden Gestalt hinterher.

„Warum ist sie weg?", fragte Kamil in seinem Rücken.

„Was ist passiert?", wollte auch Witek wissen.

Die Musik brach ab, die Ballgäste raunten und wunderten sich und verlangten nach Erklärungen. Doch dem König hatte es die Sprache verschlagen.

Und dem Prinzen kam immer noch kein Wort über die Lippen. Er musste der Unbekannten folgen, das war alles, woran er denken konnte. Er rannte zur Tür.

Flucht

Aschenbrödel stürzte den langen Gang entlang, so schnell es ihre Tanzschuhe erlaubten. Der Diener an der Eingangstür hielt schon ihren Mantel bereit. Sie schlüpfte hinein, während ein anderer Diener die Tür öffnete.

„Auf Wiedersehen", sagte sie und rannte hinaus.

Sie flog über den Vorplatz des Schlosses. Von drinnen drangen Rufe hinaus und eilige Schritte, als wäre da jemand hinter ihr her. Mehr als einer. Aschenbrödel rannte noch schneller.

Die Steinstufen waren glatt von Eis und Schnee, immer wieder rutschte sie aus, fing sich gerade noch. Doch dann blieb ihr Schuh an einem Eisklumpen hängen. Aschenbrödel stolperte. Mit Mühe und Not gelang es ihr, das Gleichgewicht zu behalten. Der Schuh aber war verloren und die Kälte biss ihr in den bloßen Fuß.

Aschenbrödel schluckte und drehte sich um. Der Schuh lag ein paar Stufen höher, rosenfarben auf

Weiß. Sie wollte schon zurücklaufen, doch die Rufe ihrer Verfolger wurden lauter, ihre Schritte kamen näher. Jemand lugte über die Balustrade. Der Prinz!

Aschenbrödel drehte sich um und floh weiter die Treppe hinunter. Mit nur einem Schuh war das gar nicht so einfach. Sie stolperte noch einmal. Kurzerhand streifte Aschenbrödel den zweiten Schuh ab. Was war schon die Kälte, wenn sie nur schneller zu Nikolaus und von hier fortkam!

Nikolaus stand ganz still am Fuß der Treppe, als wüsste er genau, dass es jetzt kein Spaß mehr war. Aschenbrödel sprang in den Sattel. Mit einem gewaltigen Satz galoppierte Nikolaus los, schneller als je zuvor. Sie flogen geradezu über die breite, gepflasterte Schlossallee. Sein Hufschlag dröhnte ihr in den Ohren und die eisige Luft pfiff an ihren Wangen vorbei. Niemand würde sie einholen, schon gar kein ahnungsloser Prinz!

Die verlorene Prinzessin

Mit fliegenden Hufen trug Nikolaus Aschenbrödel durch den Wald. Sie lehnte sich weit nach vorne und sprach ihm gut zu. Schnell wie der Wind jagten sie aus dem Schutz der Bäume hinaus aufs freie verschneite Feld. Hinter sich hörte sie ihre Verfolger. Sie waren nicht abzuschütteln.

Aber da vorne war schon ein Licht! Das war das Gut.

Im Nu hatte sie das Tor geöffnet und war hindurchgeritten. Scheppernd fiel es hinter ihr ins Schloss. Hoffentlich hatte der Lärm niemanden geweckt! Sie blickte sich um, doch alles blieb still.

Aschenbrödel saß ab und brachte Nikolaus in seinen Stall. Auf dem Hof bellten die Hunde. Schon hämmerte jemand mit der Faust gegen das Tor. Eilig entschuldigte sie sich bei Nikolaus dafür, dass sie ihn gesattelt und verschwitzt zurücklassen musste, dann rannte sie die Holzstufen hinauf in ihre Kammer.

Die Hunde bellten immer lauter.

„Aufmachen!", rief ihr Verfolger. Wieder schlug er gegen das Tor. „He, aufmachen!"

Weitere Stimmen mischten sich unter das Hundegebell. Aschenbrödel lugte aus dem Fenster. Knechte und Mägde hatten sich auf dem Hof versammelt. Mit Stöcken und Fackeln in den Händen schienen sie sich zu wundern, wer da mitten in der Nacht so einen Lärm veranstaltete.

„Macht auf! So macht doch auf!" Das war die Stimme des Prinzen.

Jetzt schwang das Tor auf. Der Prinz und seine beiden Gefährten stürmten hindurch.

„Was wollt Ihr hier?", rief ihm Winzek entgegen.

Der Prinz saß ab und überließ die Zügel des Pferdes seinen Gefährten. Die Hunde bellten und knurrten, als er auf den Knecht zuging. Winzek hob drohend einen Stock.

„Wir sind mit guten Absichten gekommen", sagte der Prinz schnell.

„Und warum?" Winzek schien von dem herrschaftlichen Gehabe des Prinzen gänzlich unbeeindruckt.

„Wer ist der Herr dieses Hauses?", fragte der Prinz.

„Kein Herr, eine Herrin", sagte Rosie, die sich durch die Versammlung nach vorn gedrängelt hatte. „Die findet Ihr mit ihrer Tochter auf dem königlichen Ball."

„Was habt Ihr hier zu suchen?", verlangte jetzt auch Pavel lauthals zu wissen.

„Die schöne Prinzessin."

„Prinzessin?" Winzek starrte den Prinzen an, als habe er den Verstand verloren.

„Was, hier?" Rosie schüttelte nur den Kopf.

„Sie ist gerade vor mir reingeritten!" Der Prinz hob die Stimme, um über dem aufklingenden Gelächter noch gehört zu werden.

„Soll er sie sich doch aussuchen, die Prinzessin!" Pavel breitete die Arme aus, als wollte er alle Versammelten umarmen, und das Lachen wurde noch lauter.

Der Prinz richtete das Wort erneut an das Gesinde. „Ich weiß nicht, ob sie eine Prinzessin ist, aber sie ist schön. Und sie ist mir hier verloren gegangen."

„Ja, freilich", sagte Winzek. „Aber sicher, hier gibt's 'ne ganze Fuhre Schönheiten, du brauchst dich nur zu bedienen!"

Wieder lachten sie alle.

Auch Aschenbrödel, die das Geschehen von ihrem Fenster aus beobachtete, musste schmunzeln.

„Warten wir bis zum Morgen", sagte ein Gefährte des Prinzen.

Der andere nickte. „Der Morgen ist klüger als der Abend."

„Wir finden sie bei Nacht sowieso nicht."

Der Prinz schüttelte den Kopf. „Nein, ich muss sie finden." Er blickte Winzek entschlossen an. „Ich will sofort alle Frauen und Mädchen sehen, die auf diesem Hof leben."

„Das fehlt noch." Winzek trat einen Schritt nach vorn. „Mit welchem Recht?"

Da beugte sich Pavel nah zu dem Knecht. Zwar sprach er mit gesenkter Stimme, aber immer noch laut genug, dass er über den ganzen Hof zu hören war. „Das ist doch der Prinz!"

„Der Prinz?" Winzek ließ den Stock fallen und verneigte sich hastig. „Eure Hoheit."

„Alle Frauen und Mädchen, bis zur Letzten", sagte der Prinz ungeduldig.

„Eure Hoheit, aber bitte, da sind sie." Winzek wies auf die Umstehenden.

„Unsere hatte einen Schleier", sagte ein Gefährte des Prinzen.

„Und ein rosenfarbenes Ballkleid", fügte der andere an.

Der Prinz blickte die Mägde zweifelnd an, die einander drängelten und schubsten, um näher an ihn heranzukommen.

Die Schuhprobe

Das Gelächter war Aschenbrödel vergangen, als sie gesehen hatte, wie traurig der Prinz dreinblickte.

Vorsichtig stieß sie das Fenster ein wenig weiter auf. Hufschlag drang leise an ihr Ohr und gleich darauf kam der Schlitten mit der Stiefmutter und Dora auf den Hof gefahren. Aschenbrödel erschrak. Nicht auszumalen, wenn die Stiefmutter sie in ihrem Ballkleid entdeckte! Doch da war immer noch der Prinz, und sie musste wissen, was er tun würde.

Genau unter Aschenbrödels Fenster brachte der Kutscher die Pferde zum Stehen.

„Wie kommt er hierher?", hörte sie Dora fragen.

„Offenbar sucht er jemanden", sagte die Stiefmutter.

Der Prinz schien die Ankunft des Schlittens gar nicht bemerkt zu haben. Er schritt die Reihe der Mägde ab, die vor ihm knicksten und wisperten.

Dora erhob sich von ihrem Sitz.

„Warte!" Die Stiefmutter drückte sie zurück auf die Bank, während sie selbst ausstieg.

Irgendetwas führte die im Schilde, und was es auch war, es konnte nichts Gutes sein. Aschenbrödel krampfte die Hand um den Fenstergriff. Der Prinz und seine Gefährten standen wieder dicht beisammen, ihre Stimmen waren nicht mehr als ein Flüstern an ihrem Ohr, gerade noch zu verstehen.

„Sie kennen ja ihr Gesicht nicht", sagte der dunkelhaarige Gefährte.

„Keinen Namen und auch sonst nichts." Der blonde zuckte mit den Schultern.

Der Prinz blieb stumm und sah unendlich traurig aus.

Aschenbrödel wünschte sich sein Lächeln zurück. Das Lächeln, mit dem er sie beim Tanz angeblickt hatte. Sie könnte laut pfeifen, dann würde er, statt auf die Mägde zu sehen, zu ihr hinaufblicken – und vielleicht wieder lächeln. Und die Stiefmutter würde toben.

Überhaupt, der Prinz suchte allein nach der schönen Prinzessin, das hatte er selbst gesagt. Und eine Prinzessin gab es hier nicht. Wenn er wüsste, wer sie in Wirklichkeit war, ergriffe er mit Sicherheit die Flucht. Ein Prinz und eine wie sie – unmöglich!

Und doch konnte Aschenbrödel den Blick nicht abwenden. Das Licht einer Fackel fiel auf den Prinzen, und in seinem Gürtel steckte etwas Rosenfarbenes. Der Schuh, den sie verloren hatte. Der Prinz griff danach, und sein Gesicht hellte sich auf.

„Ich werde sie an ihrem Schuh erkennen." Er streckte den Schuh in die Höhe. „Wem dieser Schuh passt, wird meine Frau!"

Umgehend kniete er sich vor die Mägde auf den Boden und bedeutete ihnen, ihm ihre Füße zu zeigen. Die Erste zögerte noch.

„Den Fuß!", sagte der Prinz.

Die Magd schlüpfte aus ihren Holzpantinen und streckte den bloßen Fuß aus. Der Schuh war zu klein.

„Die Nächste."

Auch der Nächsten passte der Schuh nicht einmal annähernd.

„Die Nächste."

So ging es weiter und weiter. Keiner passte der Schuh. Sogar Pavel drängte sich in die Reihe der Mägde. Irgendwoher hatte er sich Frauenkleider besorgt und streckte nun nach einem vornehmen Knicks dem Prinzen einen Fuß entgegen. Wieder brachen alle auf dem Hof in Gelächter aus. Rosie allerdings gab Pavel einen Schlag auf die Mütze, dass die ihm vors Gesicht rutschte. „Mach bloß, dass du verschwindest, du elender Hanswurst!"

Der Prinz ließ den Spaß ungerührt über sich ergehen. Er hielt den Schuh in den Händen. „Haben ihn alle probiert?"

„Hier ist noch ein Füßchen!", rief Pavel und bückte sich, um Rosies Bein nach vorn zu zerren.

„Du gib Ruhe!", brummte Winzek, und Rosie verpasste Pavel noch einen Schlag auf den Kopf.

„Wohnt hier wirklich keine andere?", fragte der Prinz.

Winzek kratzte sich am Kopf. „Aber ja doch, Königliche Hoheit. Das Aschenbrödel."

„Aschenbrödel?" Der Prinz hielt noch immer ihren rosenfarbenen Tanzschuh in der Hand.

„Ja freilich!", sagte Rosie. „Das Aschenbrödel!"

Aschenbrödel schlug das Herz bis zum Hals. Unten auf dem Hof tönten immer mehr Stimmen aus der Menge herauf.

„Wo kann sie nur sein?" – „Ich hab sie den ganzen Abend nicht gesehen." – „Aschenbrödel!" – „Lauft und sucht sie!"

Bevor sie noch jemand am Fenster entdeckte, schloss Aschenbrödel es sachte und trat in ihre Kammer zurück.

Die Stimmen und Schritte auf dem Hof wurden leiser. Aschenbrödel zog den Mantel eng um sich, es war eisig kalt in ihrer Kammer. Sie schloss die Augen und stand ganz still.

Ihre Mutter wüsste, was nun zu tun wäre. Ihre Mutter würde sie in den Arm nehmen und auf die breite Bank am Kachelofen in der Stube ziehen. Dort würden sie warm und gemütlich sitzen, und Aschenbrödel könnte ihr das Herz ausschütten, das sie so in Verwirrung stürzte.

Ihre Mutter wüsste Rat.

Obwohl sie immer noch ganz still dastand, war Aschenbrödel außer Atem, als hätte sie sich gerade erst von Nikolaus' Rücken geschwungen.

Der Prinz suchte nach ihr.

Aber suchte er wirklich nach ihr oder suchte er nach einer Prinzessin?

Ihr Rätsel hatte er nicht lösen können. Doch vielleicht – vielleicht würde er sie in ihrer wahren Kleidung wiedererkennen. Aschenbrödels Hände zitterten, als sie den Mantel abstreifte. Der Prinz suchte nach einer Prinzessin in einem Ballkleid von der Farbe von Rosen, doch wenn er ihre Kammer erreichte, würde er eine Magd vorfinden, deren Wangen mit Asche beschmutzt wären. Und dieser Magd würde der Tanzschuh passen. Vielleicht wüsste der Prinz dann die Lösung des Rätsels.

Sie begann, ihr Kleid aufzuknöpfen – da waren Schritte auf der Treppe vor ihrer Kammer. Das konnte unmöglich schon der Prinz sein. Oder doch? Aschenbrödel schlich zur Tür und presste ein Ohr gegen das dicke Holz.

Eindeutig Schritte. Und sie kamen immer näher. Die Stimmen flüsterten miteinander. Ein Kichern. Ein „Leise".

Aschenbrödel schrak von der Tür zurück. Sie kannte dieses Kichern: Dora. Und auch wenn sie die Stiefmutter noch nie flüstern gehört hatte, musste ihr die andere Stimme dort draußen auf der Treppe gehören.

Die Schritte kamen immer näher, ließen Aschenbrödel keine Wahl. Sie rannte zum Fenster und riss es weit auf. Der Boden schien unendlich fern.

Es würde schon gut gehen. So tief war es gar nicht.

Aschenbrödel setzte sich auf das Fensterbrett und zog die Beine hoch. Sie schloss die Augen. Holte Luft. Einfach umdrehen und springen!, dachte sie. Da wurde die Tür aufgerissen.

Verfolgungsjagd

Der Prinz folgte dem Knecht mit der Fackel. Er führte ihn in das Haus und in die Küche.

„Aschenbrödel!", rief der Knecht.

„Aschenbrödel!", dröhnte es dumpf aus dem Ofen. Der freche, dicke Küchenjunge steckte bis zum Rumpf darin.

„Was ist?" Der Knecht hob die Fackel.

Der dicke Junge zog den Kopf aus dem Ofen und zuckte mit den Schultern. Seine Wangen waren mit Asche verschmiert. „Hier drin ist sie nicht."

„Hier nicht." Der Knecht winkte dem Prinzen, ihm weiter zu folgen. Von der Küche ging es zurück in die Eingangshalle. Mägde und Knechte wuselten durcheinander, rissen Türen auf, eilten Treppen hinauf und hinunter.

„Sucht noch mal hier oben!", riefen sie. Und: „Sie kann doch nicht verschwunden sein!" – „Hier ist sie nicht!"

Der Knecht scheuchte die Suchenden auseinander,

und der Prinz folgte ihm mit Witek und Kamil die Treppe hinauf.

Der Knecht stoppte am ersten Absatz und streckte die Fackel vor. „Aschenbrödel?"

„Wo bist du?" Der Prinz spähte in alle Richtungen. „Zeig dich!" Er drückte den Tanzschuh gegen seine Brust.

„Kommen Sie", sagte der Knecht. „Vielleicht ist sie im Stall."

Die ganze Meute schloss sich ihnen an, als sie zum Stall liefen. Der Prinz rannte voraus und an den Ständen der Pferde entlang.

„Aschenbrödel!" Der Knecht war ihm dicht auf den Fersen, während der Rest des Gesindes sich im Stall verteilte und in alle Ecken spähte, jeden Sattel und jede Decke anhob, jeden Strohballen wendete und wild durcheinanderredete.

Ganz hinten im Stall stand ein Schimmel. Er schnaubte und warf den Kopf hin und her. Sein Sattel war von derselben Farbe wie das Ballkleid der schönen Tänzerin. Der Prinz stürzte zu ihm in den Stand. Er kannte ein Mädchen, das einen Schimmel ritt. Es hatte ihn im Wald an der Nase herumgeführt.

Aber in dem Stand war nur der Schimmel. Der Prinz legte ihm die Hände auf das Fell. Sogar durch die

Handschuhe hindurch konnte er die Hitze des Pferdes fühlen. Als hätte der Schimmel gerade erst einen wilden Galopp hinter sich.

Der Knecht schob eine Hand unter den Sattel. Seine Hand war nass, als er sie wieder hervorzog. „Reibt ihn ab", sagte er zu einer der Mägde, die sich im Stallgang zusammendrängten.

Der Prinz stürmte schon wieder auf den Hof. Sie war hier! Dessen war er jetzt ganz sicher. Auf diesem Schimmel hatte sie gesessen, als sie vom Schloss geflohen war. So groß war dieses Gut doch nicht, aber wo steckte sie nur? Er blieb stehen und blickte sich um.

„Hoheit, sehen Sie", sagte der Knecht und wies mit dem Kinn in Richtung des Hauses.

„Da ist sie!", rief jemand vom Tor aus. „Da!"

Und da war sie. In ihren rosenfarbenen Mantel gehüllt kam sie die Treppe hinunter. Sie hielt den Kopf gesenkt. Eine Frau, die in dicke Pelze gekleidet war, folgte ihr dicht auf dem Fuße. Das sei die Gutsherrin, raunte ihm jemand zu.

Die Gutsherrin und seine Tänzerin eilten auf den Schlitten zu, dem noch immer die Pferde vorgespannt waren. Der Kutscher hockte auf seinem Bock, starr und stumm, als ginge ihn das ganze Geschehen nichts an.

Seine Tänzerin setzte sich in den Schlitten. Der Prinz rannte los – noch einmal würde er sie nicht entkommen lassen.

„Halt." Die Gutsherrin trat ihm in den Weg und hob beide Hände.

Doch davon ließ er sich nicht schrecken. „Ich bin also nicht umsonst gekommen. Jetzt lass ich sie nicht mehr weg." Der Prinz versuchte, sich an der Gutsherrin vorbeizudrängen, doch die verstellte ihm immer wieder den Weg.

„Aber wir wissen überhaupt nicht, warum Sie hierhergekommen sind."

„Ich wollte sie finden."

„Und warum haben Sie sie gesucht?"

„Ich … ich möchte sie um ihre Hand bitten."

Die Gutsherrin packte ihn am Arm und zog ihn vorwärts. „Was hindert Sie daran?"

Die Tänzerin verbarg sich stumm unter ihrer Kapuze und hielt ihm den Rücken zugewandt.

Der Prinz hatte genug von Versteckspielen. „Zeigen Sie ihr Gesicht."

„Warum?", wollte die Gutsherrin wissen.

„Damit ich sie erkennen kann."

„Sie trägt alles wie auf dem Ball: das Kleid, den Schleier …"

„Aber warum spricht sie nicht mehr?" Das Spiel, das die beiden hier mit ihm spielten, wurde immer seltsamer.

„Erst, wenn Sie ihr den Verlobungsring an den Finger stecken."

Der Prinz zögerte. Irgendetwas stimmte hier doch nicht! Hinter ihm in der Menge wurde gemurmelt, doch die Worte konnte er nicht verstehen.

Kamil tippte ihm auf die Schulter. „Sie soll den Schuh probieren", raunte Kamil ihm zu.

Der Prinz hielt der Gutsherrin den rosenfarbenen Schuh hin. „Möchte sie nicht wenigstens ihren eigenen Tanzschuh anprobieren?" Das würde endlich die Wahrheit ans Licht bringen.

„Begreifen Sie denn nicht? Sie ..." Die Gutsherrin geriet ins Stocken und rang die Hände. „... Sie schämt sich." Sie zuckte mit den Schultern. „Wollen Sie sie nun heiraten oder nicht?"

Dem Prinzen schmeckte diese Geheimniskrämerei immer weniger. „Erst, wenn sie den Schuh probiert hat."

Die Gutsherrin riss ihm den Tanzschuh aus der Hand und sprang in den Schlitten. „Los!"

Der Kutscher ließ die Peitsche knallen.

Der Prinz konnte es nicht fassen. Da floh die schöne

Tänzerin schon wieder vor ihm! Er rannte zu seinem Pferd und schwang sich in den Sattel. Im Galopp ging es durch das Hoftor und hinaus.

Wieder knallte die Peitsche des Kutschers durch die Nacht. Der Schlitten glitt weit vor dem Prinzen eine kleine Anhöhe hinauf.

Der Prinz setzte ihm nach. Es hatte zu schneien begonnen und die Flocken trieben ihm in die Augen, der Wind heulte und heulte. Der Prinz senkte den Kopf. Sein Apfelschimmel lief schneller und schneller, als wüsste er, was auf dem Spiel stand.

So jagten sie über die weite Schneefläche, den Weg zurück, den sie vor Kurzem erst gekommen waren. Schon ragte der Wald vor ihnen auf, schon verschwand der Schlitten mit der schönen Tänzerin darin.

Der Prinz galoppierte hinterher. Zwar wurde der Schlitten von zwei Pferden gezogen, aber die hatten auch eine größere Last zu tragen als sein Apfelschimmel. Der war jung und kräftig und würde sie ganz sicher bald einholen.

Der Apfelschimmel schnaubte und setzte zu immer weiteren Sprüngen an.

Da geriet der Schlitten vor ihnen ins Wanken. Er schwankte bedrohlich von einer Seite zur anderen. Der Kutscher flog in hohem Bogen vom Bock, doch die Pferde stürmten weiter voran. Die Gutsherrin und die schöne Tänzerin schrien. Der Schlitten rumpelte einen Abhang hinunter, stürzte zur Seite, knarrte und krachte. Die Pferde kamen frei und rannten schnaubend davon.

„Stehen bleiben, ihr Gäule!", brüllte der Kutscher hoch aus einem Baum. Dort im Geäst war er gelandet und zappelte mit den Beinen.

Die schöne Tänzerin und die Gutsherrin aber waren in einen Teich gefallen. Sie schrien laut um Hilfe und versuchten ans Ufer zu gelangen.

Der Prinz sprang vom Pferd. Der Schlitten lag umgedreht im Teich, und er kniete sich auf ihn, streckte sich der Tänzerin entgegen. „Gebt mir die Hand."

Doch sie zappelte nur im Wasser umher, auf dem kleine Eisschollen trieben. Der Prinz packte sie am Arm und half ihr auf. Der Teich war so flach, dass sie darin stehen konnte. Mit einer Hand drückte sie den Tanzschuh an sich, mit der anderen klammerte sie sich an den Arm des Prinzen. Dann hob sie den Kopf.

„Du bist nicht die Richtige!" Der Prinz entriss der falschen Tänzerin den Schuh und stieß sie von sich. Was für eine Betrügerin! Er hatte mit ihr auf dem Ball getanzt, das ja. Aber er war auch vor ihr geflohen. Das war nicht seine Auserwählte.

Er hielt den durchnässten Tanzschuh fest und rannte zurück zu seinem Pferd. Hinter ihm heulten die falsche Tänzerin und die Gutsherrin im Teich. „Oh nein, oh nein, oh!"

Doch der Prinz drehte sich nicht mehr um. Sollten die zwei Betrügerinnen selbst zusehen, wie sie aus dem Teich kamen. Er griff nach den Zügeln seines Pferdes. Etwas flatterte dicht an seinem Kopf vorbei und sein Apfelschimmel zuckte erschrocken schnaubend zurück. Eine Eule umkreiste sie beide.

„Huh-huh-huh-huh!", rief sie leise und landete auf einem Ast. Von dort blickte sie ihn mit großen schwarzen Augen an, als wollte sie ihm etwas sagen.

„Verrat mir, wo ich jetzt hinsoll, wo ich sie finde", bat der Prinz.

Die Eule bewegte den Kopf und blickte Richtung Gutshof.

Der Prinz lächelte. Warum nicht? Er hatte gefragt, also würde er ihrem Rat auch folgen. Er wendete sein Pferd.

Hinter ihm klang immer noch das Geschrei und Geheule der zwei Betrügerinnen durch die Nacht. Ohne sich darum zu kümmern, ritt der Prinz weiter.

Die dritte Haselnuss

Aschenbrödel stieg die Leiter der alten Scheune hinauf. Sie fror in der dünnen Bluse und dem Unterrock, doch das war alles, was Dora und die Stiefmutter ihr gelassen hatten. Das schöne Ballkleid und den Mantel hatten sie ihr geraubt und sie gefesselt in ihrer Kammer eingesperrt. Zum Glück saßen die Fesseln nicht allzu fest. Trotzdem hatte es eine Weile gedauert, bis sie sich befreien und aus dem Fenster fliehen konnte. Da war der Hof schon leer und der Prinz längst fort gewesen.

Nur der treue Nikolaus hatte im Stall auf sie gewartet und sie hierher in ihre Zuflucht getragen. Als sie den Kopf durch die geöffnete Falltür steckte, streifte etwas ihr Haar. Rosalie flog an ihr vorbei in den Dachboden, zog einen weiten Kreis um das Gebälk und ließ sich schließlich auf Aschenbrödels Schatzkästchen nieder.

„Rosalie, wo warst du?" Aschenbrödel streichelte der Eule über das Gefieder.

„Huh-huh, huh-huh!", sagte die Eule und blinzelte sie an.

Aschenbrödel strich mit den Fingerspitzen über die Verzierungen ihres Schatzkästchens. Eine Haselnuss war noch darin.

Vorsichtig, damit Rosalie nicht hinunterfiel, hob Aschenbrödel den Deckel des Kästchens an, gerade so weit, dass sie mit der Hand hineinlangen konnte. Den kleinen Zweig, den Winzek ihr geschenkt hatte – wie lang das her zu sein schien! –, hatte sie schnell ertastet. Sie zog ihn hervor und schloss den Deckel wieder.

Unschlüssig hielt sie den Zweig in der Hand. Bislang hatte jede Nuss sie zu einer Begegnung mit dem Prinzen geführt. Würde das mit der dritten auch gelingen?

Aschenbrödel blickte Rosalie in die großen dunklen Augen. Die Eule blinzelte ihr zu und legte den Kopf schräg.

„Was meinst du, nehmen wir die Letzte?"

Aschenbrödel schloss die Augen und ließ den Zweig los.

Die Nuss schlug auf dem Boden auf. Wie die ersten beiden Male erklang die Melodie. Aschenbrödel hielt den Atem an und öffnete die Augen.

„Aber ..."

Sie kniete sich auf den Boden.

„... das ist ja ...“

Da lag ein weißes Kleid mit Silberfäden durchdrungen und über und über mit Perlen besetzt. An einer silbernen Kette funkelte ein großer blauer Edelstein. Aschenbrödel konnte sich gar nicht sattsehen. Sie hob das Kleid auf und presste es an sich. Der Stoff war seidig glatt.

Wieder stieß Rosalie einen ihrer sanften Rufe aus. Aschenbrödel sah zu ihr auf. Ihr war nicht mehr kalt, sie glühte vor Aufregung und zeigte Rosalie, was die Zaubernuss ihr geschenkt hatte.

„... ein Brautkleid!“

Des Rätsels Lösung

Der Morgen graute schon, als der Prinz wieder auf den Hof ritt. Voller Erwartung blickte er sich um, doch von seiner schönen Tänzerin war nichts zu sehen. Müde stieg er vom Pferd. Was hatte er auch erwartet? Es war nur eine Eule gewesen, die zufällig den Kopf gedreht hatte. Wie dumm, darin ein Zeichen zu vermuten! Dem Prinzen waren die Schultern und die Füße schwer.

Witek und Kamil kamen heran, mit dem Knecht und dem Küchenjungen im Gefolge. Auch alle anderen Bediensteten des Gutes standen auf dem Hof.

„Und?", fragte Kamil.

Der Prinz schüttelte den Kopf.

„Wir sollten zurückreiten", sagte Witek. „Im Schloss wird man sich schon Sorgen machen."

Vielleicht war es wirklich das Beste. Aber der Prinz konnte sich nicht dazu durchringen, die Hoffnung gänzlich aufzugeben. Er nahm den Tanzschuh, den er unter die Jacke gesteckt hatte, heraus. So zierlich wie dieser Schuh war seine Tänzerin. Und so elegant, wie er aussah, saß sie auf dem Pferd, eine exzellente Reiterin. Er musste sie finden, es gab keine andere für ihn.

Ein Pferd wieherte, doch er konnte den Blick nicht von dem Schuh wenden. Das war das Einzige, was ihm von seiner Tänzerin geblieben war.

„Oh", sagte der Küchenjunge. „Guck mal, guck mal, äh … Hoheit."

Der Prinz hob den Kopf. Von einer kleinen Pforte aus ritt ein Mädchen auf einem Schimmel über den Hof. Das Kleid war weiß und nicht rosenfarben, doch der Prinz erkannte sie sofort: „Das ist sie!"

Witek gab ihm einen kleinen Schubs. „Na los!"

Er rannte Ross und Reiterin entgegen.

Sie lachte ihn an. „Bringst du mir meinen Schuh wieder?"

Ihre Stimme war die schönste Musik, die er je gehört hatte. Ewigkeiten hätte er einfach nur dastehen und ihr zuhören können.

Lächelnd streckte sie einen Fuß aus. Der Schuh, natürlich, der Schuh! Der Prinz brachte zwar kein Wort heraus, aber er schaffte es, dem zierlichen Fuß in den Schuh zu helfen.

Er passte perfekt.

„Und ich gebe dir den Ring für den König der Jagd." Sie zog einen Ring vom Finger und reichte ihn ihm.

Der Prinz starrte das Schmuckstück an. Wie konnte das sein?

Schnell griff er nach ihrer Hand und steckte ihr den Ring wieder an. „Der gehört dir doch."

Wieder lachte sie. Und sie erlaubte ihm, sie um die Hüften zu fassen und ihr aus dem Sattel zu helfen. Als er ihr so nah kam, war auch dieser Duft wieder da, nach Wald und Wind.

„Kannst du mir jetzt mein Rätsel beantworten?", fragte sie, als sie vor ihm stand. „Die Wangen sind mit Asche beschmutzt, aber der Schornsteinfeger ist es nicht?"

„Das ..." Dem Prinzen schlug das Herz bis zum Hals. Sie stand hier wirklich vor ihm. Jetzt durfte er keine Fehler mehr machen. „Das war im Wald ... das wilde Mädchen."

Sie nickte. „Ein Hütchen mit Federn, die Armbrust über der Schulter, aber ein Jäger ist es nicht."

Der Prinz war so aufgeregt, dass sich ihm alle Gedanken verhedderten. „Das bist auch du gewesen? Der Zauberschütze auf der Jagd?" Kaum hatte er die Worte über die Lippen gebracht, hätte er sich treten mögen. Natürlich war sie das gewesen, sie hatte ihm doch eben erst den Ring gezeigt!

Doch sie lächelte nur und nickte. „Ein silbergewirktes Kleid mit Schleppe zum Ball, aber eine Prinzessin ist es nicht, mein holder Herr. Also, wer ist es?"

Du, wollte der Prinz sagen. Du, du und niemand anders als du, das wunderbarste Geschöpf auf der ganzen Welt! Doch seine Lippen konnten nichts anderes tun, als zu lächeln. Sie anzulächeln.

Und sie lächelte zurück.

„Unser Aschenbrödel!", rief der Küchenjunge. Und das versammelte Gesinde stimmte ein: „Unser Aschenbrödel! Hurra!" Immer wieder riefen sie ihren Namen und jubelten.

Der Prinz wollte mit ihnen jubeln und sagte doch nur ganz leis': „Und auch meins." Bitte, dachte er. „Wenn du mich willst?", fragte er.

Das schien ihr die Sprache zu verschlagen. Sie blieb stumm und auch die Jubelschreie verstummten, als sie den Kopf senkte. Der Prinz schluckte. Wenn sie jetzt nicht zustimmte, dann sollte sein Herz aufhören zu schlagen, die Welt aufhören sich zu drehen, nichts, nichts würde mehr …

Da hob sie den Blick, und ein Lächeln lag auf ihrem Gesicht, das den Morgen noch heller scheinen ließ.

Die Welt drehte sich, sein Herz schlug. Der Prinz schloss Aschenbrödel fest in seine Arme und hob sie hoch und wirbelte mit ihr herum.

„Und jetzt wird Hochzeit gefeiert!", rief der übermütige Küchenjunge. „Hurra!"

Alle stimmten in den Jubel ein.

Ende gut, alles gut

Hand in Hand ritten sie von dem Gutshof. Ihre Pferde trabten durch den frischen Schnee, und der Himmel leuchtete blauer als jemals zuvor. Nur die Augen des Prinzen leuchteten noch mehr als der Himmel, jedes Mal, wenn er sie anblickte.

Aschenbrödel drückte seine Hand. Er hatte sie erkannt, am Ende hatte er sie doch noch erkannt! Sie presste Nikolaus die Fersen in die Flanken. Ein Trab war viel zu langsam für ihr wild schlagendes Herz.

„Hoheit!", rief jemand hinter ihnen.

Sie drehten sich um. Da stapfte ein dicker Mann in einem weiten Mantel durch den Schnee und zog ein Pferd hinter sich her.

„Hoheit!", rief er wieder. „Was wird denn nun mit der Historikstunde?" Wild gestikulierend blieb der Lehrer stehen und rang nach Atem.

Aschenbrödel hörte ihren Prinzen lachen. Es war ein Lachen, das sie nie wieder missen wollte. Ein Lachen, dem sie nicht widerstehen, in das sie einfach mit einstimmen musste. Seite an Seite galoppierten sie dem Lehrer davon, die nächste Anhöhe hinauf. Vor ihnen lag allein das weite Blau des Himmels.

Und nach dem Winter kam der Frühling und auf den folgten der Sommer und der Herbst und ein neuer Winter, und alle waren sie voller Gelächter. Und auch als aus dem Prinzen und Aschenbrödel längst der König und die Königin geworden waren, behielten die beiden ihre Liebe zum Tanz und zur Jagd, und sie ritten, so oft sie nur konnten, hinaus in den Wald, in dem sie sich zum ersten Mal begegnet waren.

Gina Mayer

Der magische Blumenladen

Ein Geheimnis kommt selten allein

Band 1

Mit Illustrationen
von Joëlle Tourlonias

Die seltsame Frau

Bevor Violet die Tür zum Blumenladen aufzog, schloss sie die Augen und schnupperte. Dieser Duft! Er kroch durch die Türritzen und das Schlüsselloch in den Flur und füllte das ganze Haus.

Violet lächelte. Sie hatte auch allen Grund dazu. Vor ihr lagen zwei Wochen Ferien. Und Tante June hatte erlaubt, dass Violet nicht nur den ganzen Tag in Tante Abigails Blumenladen verbringen durfte, sie durfte zum ersten Mal auch bei Abigail übernachten! Erst morgen Abend musste sie nach Hause zurück.

Als sie die Augen wieder aufschlug, sah sie Lord Nelson. Der dicke honigfarbene Kater saß auf der untersten Treppenstufe und betrachtete Violet mit schief gelegtem Kopf.

War er eben schon hier gewesen oder hatte er sich lautlos genähert, während Violet die Augen geschlossen hatte?

„Hallo, Nelson." Sie streckte die Hand aus, um den Kater zu streicheln, aber er duckte sich unter ihren Fingern weg und verschwand nach oben. Nicht weil er scheu oder ängstlich war. Lord Nelson bestimmte selbst, wann man ihn streicheln durfte, und jetzt hatte er ganz offensichtlich keine Lust auf Zärtlichkeiten.

Aus dem Laden drangen zwei Frauenstimmen.

Die eine gehörte Tante Abigail, aber die andere? Neugierig öffnete Violet die hintere Ladentür und blickte hinein.

Der Blumenladen schien heute noch voller zu sein als sonst: Auf den Regalen, neben der Kasse und auf dem Boden drängten sich Vasen, Eimer und Töpfe mit Blumen, die in allen Farben leuchteten. Goldgelbe Narzissen strahlten mit pinken Ranunkeln, hellblauen Hyazinthen und knallroten Tulpen um die Wette.

Vor dem Ladentisch stand Mrs Blue von der Konditorei am Marktplatz, sie kehrte Violet den Rücken zu.

Tante Abigail war gerade damit beschäftigt, ein Bund Pfingstrosen in grünes Seidenpapier einzuschlagen. Violet konnte ihr Gesicht nicht sehen,

aber sie wusste, dass ihre Tante
wehmütig lächelte, wie immer,
wenn sie Blumen einwickelte.
Sie hätte die Rosen nämlich
lieber behalten, anstatt sie zu
verkaufen.

„Schade, schade, schade", trillerte Lady
Madonna in ihrem Käfig, der über der Kasse
hing. Von dort aus beäugte und kommentierte der
türkisfarbene Wellensittich alles, was im Laden
vor sich ging.

„Ich wünschte, ich hätte ihr nie das Sprechen
beigebracht", seufzte Tante Abigail mindestens
dreimal täglich. „Dann müsste ich mir jetzt nicht
ständig ihre frechen Sprüche anhören."

„Jammerschade", zwitscherte Lady Madonna,
als Abigail das Seidenpapier zuklebte.

Lady Madonna hat Recht, dachte Violet, um
die Pfingstrosen war es wirklich schade. Die
Blüten waren weiß und riesig, fast so groß wie

Violets Kopf. Und sie verströmten einen wunderbaren Duft, den Violet riechen konnte, obwohl sie immer noch an der Tür stand.

„Schneiden Sie die Stiele alle zwei Tage schräg an und wechseln Sie das Wasser, dann werden Ihnen die Blumen lange Freude machen." Tante Abigail reichte den Strauß über den Ladentisch. „Hier, bitte schön!"

„Danke schön!", rief Lady Madonna.

Glücklich hielt Mrs Blue ihre Nase an die Rosen. „Köstlich, Miss Abigail. Ihre Blumen duften besser als meine Kuchen." Sie zückte ihren Geldbeutel und gab Tante Abigail ein paar Pfundnoten.

Tante Abigail öffnete die altmodische Kasse und holte das Wechselgeld heraus. Als sie den Kopf wieder hob, sah sie Violet.

„Violet, *Darling!*" Sie lächelte ihre Nichte an.

Mrs Blue drehte sich ebenfalls zu ihr um. „Oh, hallo, Violet. Möchtest du auch Blumen kaufen?"

„Nein, nein, ich gehöre doch zum Laden", sagte Violet, obwohl das nicht stimmte.

Der Blumenladen gehörte Tante Abigail und Violet war nur am Samstag und mittwochs nach der Schule bei ihr. Den Rest der Woche wohnte sie bei ihren Pflegeeltern, den Berrys. Tante June und Onkel Nick.

Heute war jedoch weder Samstag noch Mittwoch, sondern Donnerstag. Aber im Gegensatz zu Violet hatte Tante June keine Ferien, sondern musste wie immer zur Arbeit in die Bank. Und Onkel Nick war mit seinem LKW unterwegs. Damit Violet nicht allein zu Hause war, durfte sie zu Tante Abigail. Und heute Abend – das war das Beste – musste sie auch nicht wie sonst nach Hause, sondern durfte mit Abigail zu Abend essen und hinterher würde ihre Tante ihr eine Geschichte vorlesen und dann durfte Violet auf ihrem geblümten Sofa schlafen. Tante June und Onkel Nick hatten nämlich Kinokarten.

„Ich frage mich,
warum wir das nicht
öfter machen. Ihr geht
abends aus und ich
übernachte bei Tante
Abigail", hatte Violet
beim Frühstück über-
legt. „Wäre doch praktisch für euch."

Tante June machte sofort ein kummervolles
Gesicht. „Ach Kind, manchmal glaube ich, du
würdest am liebsten ganz zu Abigail ziehen."

„So ein Quatsch!", rief Violet. „Ich hab euch
doch lieb."

„Was für ein Glück!", sagte Onkel Nick. „Wir
lieben dich nämlich auch wie verrückt!"

Die Berrys waren wirklich die besten Pflegeeltern, die man sich wünschen konnte. Tante
June machte super Apfelkuchen und Onkel Nick
sang Violet Seemannslieder vor, die sehr schaurig
klangen, weil er den Ton nicht halten konnte.

Die beiden hatten sich jahrelang Kinder gewünscht und keine bekommen – bis sie Violet bei sich aufgenommen hatten. Aber vor einem Jahr war Tante Abigail in der Stadt aufgetaucht, und seitdem machte sich Tante June die allergrößten Sorgen, dass sie Violet wieder verlieren könnte. Weil Tante Abigail Violets richtige Tante war und Tante June nur die Pflegemutter. Dabei war das totaler Unsinn, Violet wollte gar nicht weg. Sie mochte ja alle drei: Tante June, Onkel Nick und Tante Abigail.

„Wie schön, dass du endlich da bist, Violet", sagte Tante Abigail jetzt.

„Und ich darf bis morgen Abend bleiben", sagte Violet.

„Na, da will ich nicht länger stören", meinte Mrs Blue. „Ich wünsche noch einen schönen Tag."

„Gleichfalls." Tante Abigail schaute mit Bedauern zu, wie Mrs Blue die Pfingstrosen aus dem Laden trug. „Vergessen Sie nicht, die Blumen anzuschneid…" Doch da fiel die Ladentür bereits ins Schloss. Mrs Blue hörte Abigails Worte nicht mehr.

„Schade, schade, jammerschade!", trillerte Lady Madonna.

„Halt den Schnabel", sagte Tante Abigail, dann wandte sie sich wieder an Violet. „Tee?"

„Na klar, na klar!", jubelte Lady Madonna. „Bitte schön! Danke schön!"

„Na klar", sagte auch Violet, obwohl sie ja gerade erst gefrühstückt hatte. Aber Tante Abigails Tee war etwas ganz Besonderes. Sie nahm keine fertigen Teebeutel, sondern verwendete Rosenblätter, frische Minze, Hagebuttenschalen oder Hibiskusblüten. Manchmal fügte sie auch getrocknete Äpfel, Orangenschalen oder Zimtnelken hinzu. Der Tee schmeckte jedes Mal anders, aber immer fantastisch.

„Na, dann komm." Tante Abigail kam hinter der Theke hervor und wollte zur Küche gehen,

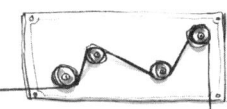

aber im selben Moment klingelte die Glocke über der Ladentür.

Eine große, dünne Frau trat in den Blumenladen.

„Guten Tag", sagte Tante Abigail und warf einen nervösen Blick auf die restlichen Pfingstrosen. Wahrscheinlich hätte sie sie gerne in Sicherheit gebracht, um zu verhindern, dass man ihr noch mehr davon abkaufte.

„Guten Tag." Die dünne Frau blieb mitten im Laden stehen, fummelte einen Zettel aus ihrer Handtasche und starrte auf das Papier.

„Brauchen Sie Hilfe oder möchten Sie sich erst einmal umsehen?", fragte Tante Abigail.

„Hilfe." Nun hob die Frau den Kopf und blickte Tante Abigail an. In ihren Augen lag ein seltsamer Glanz, als hätte sie Fieber. „Ich brauche Hilfe."

„Was suchen Sie denn?", fragte Abigail freundlich.

„Bananen?", schlug Lady Madonna vor. „Zitronen? Schau doch mal! Danke schön!"

Die Frau blinzelte irritiert und sah zu Violet.

„Was hast du gesagt?"

„Nichts", sagte Violet. „Das war Lady Madonna, unser Wellensittich." Sie zeigte auf den Käfig über der Kasse.

„Bitte schön!", trillerte Lady Madonna.

Der Blick der Fremden wanderte kurz zu dem Vogel, dann flog er wieder zurück zu Violet und von dort zu Abigail. „Ihre Tochter?" Für einen winzigen Moment hellte sich ihr Gesicht auf. „Das sieht man sofort."

„Meine Nichte", sagte Tante Abigail.

„Ach so. Entschuldigung."

„Macht doch nichts", sagte Violet. Es war nicht das erste Mal, dass jemand sie für Tante Abigails Tochter hielt, sie sahen sich ja auch total ähnlich. Sie hatten die gleichen wilden orangeroten Locken und unzählige Sommersprossen auf der Nase, den Wangen und der Stirn. Sogar auf den Armen, im Nacken und auf den Zehen.

Die Frau starrte jetzt wieder auf ihren Zettel. Vielleicht stand da, welche Blumen sie kaufen sollte.

„Ich habe gerade wunderschöne Primeln rein- bekommen", sagte Tante Abigail, die bestimmt von den Pfingstrosen ablenken wollte.

Die Frau schüttelte den Kopf. „Nein, nein. Des- halb bin ich nicht hier."

„Vielleicht ein Körbchen mit Vergissmeinnicht?", schlug Violet vor.

Wieder ein Kopfschütteln. „Pim-per-nell", sagte die dünne Frau und betonte dabei jede einzelne Silbe.